夏ノ祭
illustration ゆーにっと
JN188455
周回遅れの
異世界転生
～他の人より遅れてゲーム世界に転生したけど、
メインストーリーそっちのけで自由に旅を楽しみます！～

ルイ
集団転生に乗り遅れた転生者。
さらには、天使の手違いで
NPC扱いに!?
バルバラ
身寄りのなかったルイを
引き取り、錬金術の師匠としても
面倒を見る。
エリエル
彼女の手違いでルイの転生に
問題が発生。
罰も兼ねてサポートのために
下界へ降りてくるが…
CHARACTER

ルカ
大きな鳥の魔物。
牧場で飼われていたが、
ルイに気に入られたことで
冒険のパートナーになる
ワウミィ
鳥人族の経験豊富な冒険者。
ルイが立ち寄った村で
一時的にパーティを組むことに。

「焦らず気長にやりな。
ただでさえあんたは
人より遅れてるんだ。
今さら急ぐ必要もないさね」
「うん」
こういう別れ方に慣れていないので、
笑おうとして、泣きそうになり、
変な顔にしかならなかった。

周回遅れの異世界転生

~他の人より遅れてゲーム世界に転生したけど、メインストーリーそっちのけで自由に旅を楽しみます!~

夏ノ祭

illustration ゆーにっと

Reincarnated in
another world
a lap behind.

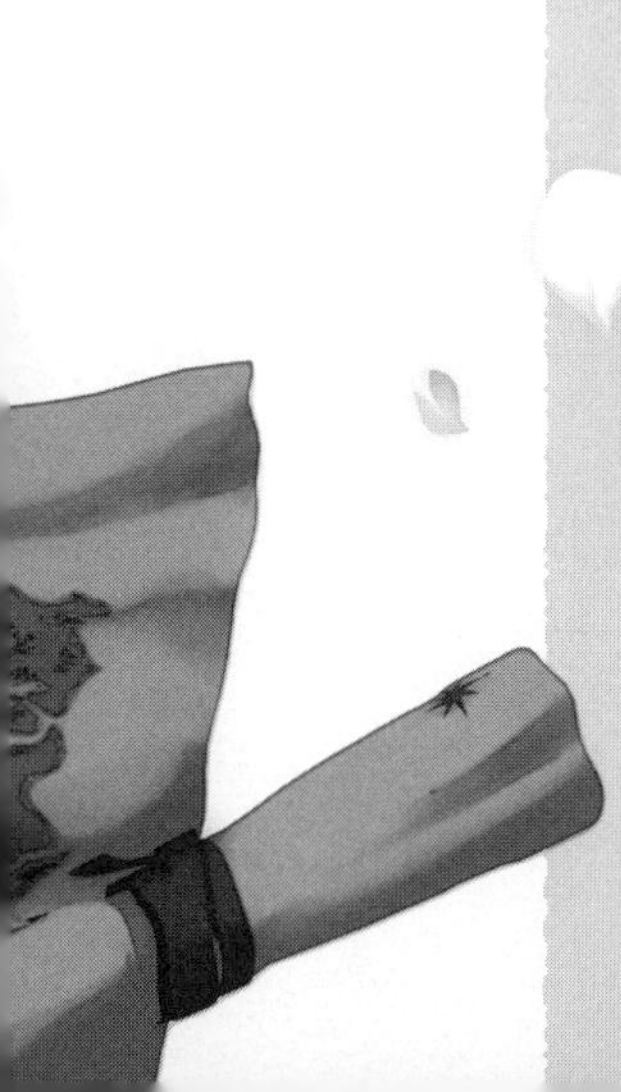

目次

第一章　そして（遅れて）異世界へ

天災の多い年だった。国の内外を問わず地震、ハリケーン、集中豪雨などが発生し、多くの人が命を落とした。そこに、流行り病も重なった。古くから、病気の流行がたびたび起こったと学校で学んだが、その多くは限定的で、局所的《きょくしょ》で。まさか医療の発達した現代においてパンデミックが起こるなんて、想像もしなかった。

ニュースで知った遠い国の病気は瞬《また》く間に身近なものとなり、まるで映画のような混乱をごく身近なものにするとともに、多くの人々の命をあっという間に奪っていった。やがて新規感染者もほぼゼロになり、有効な治療薬が開発され、さぁこれで多くの命が助かる、という時になって、俺は発症した。

昔から、間が悪いと言われてきた。何かしようとすると、どうもタイミングを外してしまう。ラーメン屋に並べば自分の前でスープが切れ、自販機に並べば飲みたいと思っていたものがちょうど前の人で売り切れる。

あと少し早ければ、あと少し遅ければ、そんなことは日常茶飯事だった。

今回はどうやら、もう少し遅ければ治療薬が間に合ったのに、というケースらしい。だがそこは体力があって持病もない、働き盛りのアラサー男子。それなりに厳しい状況に追い込まれつつも、しぶとく耐え抜いた。薬は間に合わなかったが自力で何とか回復できたのだ。

「いくら間が悪いからって、さすがに命までとられるわけにはいかないよな……」

自宅療養を続けてきたが、ようやく熱が下がったようだ。寝たきり生活が続いたため、筋力もだいぶ落ちている。体温計を机の上に置きに行くだけなのに、歩き方を忘れたレベルでふらつくし、水が飲みたくなって開けようとした冷蔵庫の扉があまりに重く感じてびっくりした。

「食料が底をついたな。買い出しが必要か」

ひとり暮らしが病気になると、こういう時に困る。汗臭くなったパジャマを脱ぎ捨てて、溜まりにたまった洗濯籠に放り込む。かろうじて残っていた最後のシャツとズボンに着替えて、出かけることにした。

家の鍵を閉めてエレベータに向かうと、電光表示はちょうど一階に下りていくところだった。久しぶりに外に出たというのに、やっぱり間が悪い。ここは八階。下に向かったエレベータが人を乗せ、またここまで戻ってくるには少し時間がかかりそうだ。

「リハビリがてらに、階段で下りるか」

ぎくしゃくしながら階段を下りていく。手足に力が入らないだけではなく、関節もだいぶ硬くなっているようだ。

「押すなよー？　絶対に押すなよー？」

一昔前に流行った芸人さんのセリフが何となく思い出されて、ぼそぼそとつぶやく。明らかに病み上がりでそろそろと階段を下りている人を後ろから押す人はいないだろうけど、などと考えながらゆっくり進んでいたら、急に目の前の光景が揺れ始めた。

「めまい……いや、地震か！」

カタカタカタカタ、と小刻みに金属音が聞こえる。いくら間の悪い人生を送ってきたといっても、流石《さすが》にこのタイミングは人生最悪だ！　慌てて手すりに体重をかけ、寄り掛かるような体勢を取る。遠くで何かがぶつかる音、建物のきしみ、地響き、色々な音が徐々に強くなるのに併せて、体に感じる揺れも強くなる。身の危険を感じるほどではなかったため、早く収まってくれることをひたすら祈った。

徐々にだが揺れは収まっていった。体に力が入らない不安定な体勢のまま、遠ざかる音が完全に聞こえなくなるのを待つ。揺れが完全に収まったことに安心して、息をついた。

「やれやれ。どうにかやり過ごすことができ……たっ⁉」

ドンッという衝撃を受けたと思った瞬間、急激な浮遊《ふゆう》感を感じた。遅れて聞こえてきた地響きのような音を聞きながら、さっきの揺れは余震で、気を抜いた瞬間にやってきた強烈な本震によって階下に投げ出されたということに気づく。

やけに長く感じる滞空時間に考えたのは、結局俺はどこまでいっても間が悪いってこと。地面に叩きつけられて暗転する意識の中で思ったのは、押すなよって言ったけど揺らすなよとは言わなかったな、などというどうでも良い感想だった。

◆◆◆

気が付くと白を基調とした空間に立っていた。

「ここは……？」

最後の記憶は階段から落ちたところまで。そこから考えればここは夢の中か、死後の世界か。

少し離れた場所に長机がひとつ。受付と書かれた用紙が雑な感じで貼り付けられている。机の向こうには白い翼の天使が座って……いるのだが、小麦色の肌で化粧は濃いめの、いわゆるギャルといった雰囲気だ。

うつむき加減でタブレット端末のようなものを操作するのに夢中で、こちらのことにも気づいていない。天使が目の前にいる時点で、死後の世界説が濃厚になりつつある。いや、夢の中に天使が現れたという説にも可能性が？

「あの……すみません」

「えっ？　あれ？　アンタ誰？」

「いや、誰と言われても返答に困るのですが。階段から落ちて、気を失って、気が付いたらここに立ってました」

「階段から……落ちて？　ここは今年の災害で亡くなった人の魂を異世界に案内する受付だよ？　一般の人は来れないハズなんだけど？」

「あ、一応、流行り病にかかりました。けど何とか回復して、飯を買いに行こうとしたら階段から……ていうか、魂？　やっぱ俺、死んだ？」

「そうそう。ここにいる時点で、ね？」

　どうやら死後の世界で確定してしまったようだ。あまりに現実味がなさ過ぎて実感が湧《わ》かないせいか、悔しいとも悲しいとも思わず、ただ呆然《ぼうぜん》としてしまう。

「けど、なんでだろう。受付は全員分終わったから、片付けまで座ってるだけで良いって言ってたのに……」

「受付終了って、どういうことですか」

「今年は災害続きでたくさんの人が亡くなったでしょ？　天界的にもイレギュラーでさ。魂が多過ぎて、捌《さば》ききれなくなっちゃったの。だからといって放っておくわけにもいかないし？　そんな時に女神さまが、可哀そうだから地上で流行りの異世界転生させちゃおうとか言いだしてさ。本来の寿命の分くらいは幸せに生きてほしいとか、その世界で生を楽しんでから順番に天界に戻ってくれれば良いとか言って、はりきっちゃって」

　深刻な話をしてるはずなのに、この娘が言うと妙に軽く感じられるな。前向きな感じで嫌いじゃないけど。

「ということは、災害がきっかけだったり、流行した病で病死した人はみんなこの受付を通って異世界に転生したってことですか」

「そそ。転生っていうより転移に近いけど、全員同じ世界にね。んー、でも病気で亡くなった人の手続きも終わったはずなんだけど。関連死っていうの？　病気で亡くなったわけじゃないから、遅れてここに来たとか？」

「いや、それは俺には分からないんですが」

「あ、ゴメンね。アタシも担当じゃないからよく分からなくって。今は担当の娘が一段落したからってトイレ休憩行ってて、代わりにここに座ってたの。タイミング悪かったねー」

　魂だけの存在になっても間の悪さは相変わらずのようだ。しかし天使もトイレに行くの？　割と衝撃なんだが。それはともかく、けらけらと笑ってる姿が可愛くて怒るに怒れないが、かなり大変な状況じゃないのか？　これ。

「何か手違いが起きてるみたいですけど、俺はどうなるんですか」

「一応は関係者なんだから、とりま同じ世界に転生したら良いんじゃね？」

「軽いな、オイ」

　ギャル天使のノリに思わずツッコんでしまったわけだが。本来の寿命の分くらいは幸せに生きてほしいとか、生を楽しんでからとか女神さまが言ってたということは、転生先は悪い世界ではなさそうだ。

　何より異世界転生。流行りのピークは過ぎたかもしれないが、まだまだ人気がある。本屋にずらりと並んだタイトルに心を惹かれるも、どうも流行りものを敬遠してしまう性格から手がでなかった。まさか読む前に自分で体験することになるとは思わなかったが。

「手続きとかって難しくないから、アタシでもできるよ。どうする？　行っとく？」

一本いっとく？　とか一狩りいっとく？　みたいな軽いノリで言われて。他に選択肢があるんじゃないかとかもあまり考えず。

「じゃあ、行く」

と答えてしまったのだった。


「女神さまが用意したのは、みんな大好き剣と魔法のファンタジー世界。経験値とかレベルとかもあって、君たちの世界でいうゲームみたいな感じ？　努力すればするほどちゃんと強くなれて、努力しなければ何も手に入らない。そこは、ちゃんとリアルな世界っていうか、生きることをおろそかにしないようにみたいな？　女神さまも変なトコ真面目だよねー」

ギャル天使による異世界案内が始まった。ラノベはあんまり読んだことがないけどゲームはそれなりにやったことがあるので、雰囲気は大体分かる。

説明によると、転生した際にその人の魂に応じて職業《クラス》が自動的に決定されるそうだ。ウォーリア、ウィザード／ウィッチ、プリースト／プリーステスなどがあるが、後で転職は可能とのこと。なお種族や見た目を自分で変更することはできないが、転生時にその人の本質にしたがって髪の色が変わったり、少しイケメンになったり、体型や体格が変わったりはするらしい。

色々選べないのも不自由だな、とは思うけど、あちらの世界も一応リアル人生だから、転生元の魂の在り様と転生先の体格や種族に差があり過ぎると、不幸なことになるんだとか。

「でもさー、人々かわいそーっていうか女神さまの気持ちも分かるっていうかー？　ま、アタシなんかが分かるとか恐れ多い話なんだけどさ。リンネってやつ？　その発想はないよねー。他所の考え方だけどすぐに取り入れてさ……ってか、マジで凄《すご》くね？　女神さまパなくね？」

何かギャル天使が遠くを見ながらお祈りポーズでキラキラしてるが。説明は分かりやすいんだけど、合間合間に感想とか入るから、やたら時間がかかる。あと所々意味が分からん。

「で、生年月日と名前をここに書いてくんない？」

あ、唐突《とうとつ》に話題が変わって書類手続きに入るのね。はいはい……って、これボールペン？こんなとこでも普通に使われてるんだな。まぁ個々の認識《にんしき》とか認知《にんち》とかそんな高次元の話なんだろうけど。雑な受付机も俺のイメージによるもので、社長さんが転生したら高級万年筆とかになるのかな、などと考えながら署名。

「久間川《くまがわ》、塁《るい》？　くまがわるい……熊が悪い？　間が悪い？　っくふーくすくすぅ！」

ッオイ、天使。人の名前で笑うとは親（女神？）の教育はどうなってるんだ。確かに何度も笑われてきたから多少は慣れてるけど、久しぶりだから腹が立つな。

「ごめんごめん。いや、でも、いやいや、このタイミングでそれ？　……っくふぅ！」

「もう良いから、さっさと立ち直れよ。手続きを進めてくれるか」

もはや貴様には敬語など不要だ！

「ホントごめんて。アタシの名前はエリエル。お詫びに良いこと教えてあげるね？」

くそぅ。笑うと可愛いのはずるいじゃないか。元々人とのコミュニケーションが苦手で内気な性格のせいか、人の笑顔とか優しさにはコロッと騙されてしまう自分が情けない。

「あのね、転生したらとりあえず冒険者になると良いらしいよ。何はともあれ生活の糧《かて》って必要じゃん？　アタシも生活力のない男とか、いくらイケメンでもお断りだし」

「何か商売とか、農業とか、他に稼《かせ》ぐ手段はないのか？」

大冒険とかも読み物ならまだしも、自分がしたいとは思わないタイプです。

「基本は冒険だね。薬草採取とかモンスター討伐《とうばつ》とか、ギルドのクエスト報酬で稼ぐの。個人から依頼されるクエストとかもあるけどね」

「それだと、経済が回らないんじゃないか？」

農業、漁業、林業、鉱業などの一次産業に従事する人がいないと、世の中は成り立たない。みんながみんな、冒険者というわけにはいかないんじゃなかろうか。ゲームでも作物を植えたり、釣りをしたりというのはサブコンテンツとして用意されていることが多かったし。

「そこはそれ。女神さまが用意した世界って言ったでしょ？　ＮＰＣ《ノンプレイヤーキャラクター》ってOの？　先住民みたいな人たちが元々暮らしてるワケ。転生者がいなくても世界はちゃんと成立してんの」

転生者とＮＰＣは明確に区別されているらしい。ＮＰＣは転生者のことを〝異世界から来た者〟と理解しているし、自然に受け入れている。ただしＮＰＣは転生者に対して限定的な情報提供を行うなどの〝世界のルール〟に従って行動する。

　親密度的なパラメータ……というと味気ないが、仲良くなれば提供してくれる情報量や対応も変化するが、一定の範囲からは逸脱《いつだつ》しないようだ。

「だ・か・らぁ～、転生者は冒険で稼ぐのが基本なの。他の手段で稼ぐこともできないことはないけどね？　ただ生活のためにやりたくもない仕事をする、なんてことはしないで済むような世界になってんのよ」

　エリエルが人差し指を立てて、フリフリしながら教えてくれる。他にも、最初はギルドクエストよりも住民からのお使いクエスト（荷物を届けるなどの簡易な依頼）を達成して、装備を整えるなどの準備をしてから本格的な活動をしたほうが良いことなど、アドバイスをもらった。

見た目は不真面目そうだし実際ノリも軽いのだが、悪いやつじゃないのかも？

「あ、いっけなーい！　もーこんな時間？　ちょーっち話し過ぎちゃったかな？」

「ん？　何か問題あるのか？」

「いやー、ここと向こうでは時間の流れが違っててね。今すぐ手続き完了しても、みんなが転生してから、そうねー……一年後くらい？」

　悪いやつじゃない……が、悪気《わるぎ》なく迷惑かけてくるタイプのやつだこれ。

「一年遅れたからって、どうってことないんだけどね？　周りのみんなに追いつくのがちょっとムリめーな感じなくらいだし。あ、一応初心者応援キャンペーンとかあるから。そこんとこはやっぱしっかりしてるよね！」

「その世界を作った女神さまがな！」

　初心者応援キャンペーンはゲーム内のバランス調整のひとつである。提供開始されてから年数が経つうちに新規に開始するプレイヤーと古参《こさん》のプレイヤーとの差がつき過ぎてしまうため、始めたばかりの初心者に対して経験値アップや所持金アップなどのサポートを行う仕組みだ。

「えー⁉　アタシもちゃんと説明とかしてるじゃーん！」

「その説明が長かったから出遅れちゃったんだろーが！」

「ううっそ⁉　バレてる？　アンタ意外と鋭《するど》いね！」

「……はぁ。もう、大方分かったから。他に必要な説明とか手続きとか頼む」

　これ以上遅くなったとして、どんな影響があるか分からないけど、望ましい状況にはならないだろうし。

「おっけー。ほぼほぼ必要なことは話したと思うし？　サクッと行ってらー！」

　エリエルが両手を前に広げてポーズをとる。こんな軽い感じで大丈夫なのか本当に、などと不安を感じていたら、受付机の上に綺麗な腕輪がいくつか並んでいるのが目に入った。エリエルも俺の視線に気づいたようで、ポーズはそのまま目線だけ机の上に……ってなんだよその顔！

「やっぱぁーぁい！」

もはや顔だけではなくポーズまで崩して慌て始めるエリエル。間違いなく何らかの手違いが起きたことを悟《さと》って、ひきつる顔の俺。急速に自分の存在が希薄《きはく》になっていくような不思議な感覚に襲われながらうつむくと、手足が風景に溶け込んでいくのが見える。慌てて顔を上げると、物凄い勢いで腕輪をつかんだエリエルが机を乗り越えようとして……すねをぶつけて転ぶ姿が浮かんで消えた。

◆◆◆

気が付くと今度は建物の中だった。家具も何もない石造りの小部屋だが、正面には女神像が置いてある。周囲には自分以外誰もいないが、礼拝《れいはい》のための部屋だろうか？　少し薄暗い。

この短時間であちこち飛ばされたせいか、少し体に違和感がある。エリエルがいた空間とは違って空気に匂いがあるというか、光を自然と感じられるというのか。自分がこの世界で生きているという感覚が戻ってきたようだ。とはいえ……。

「さて、どうしたもの……か⁉」

ふとひとり言をつぶやいた瞬間、自分の声に強烈な違和感を覚えた。渋めとは言えないが、そこそこのおっさんボイスだった俺の声が、少年のような高めのものに変わっていた。

「え？　……うえぇ⁉」

手足や顔、体を触ってみると、随分《ずいぶん》と華奢《きゃしゃ》な体格になっている。

「……子供になったのか？」

エリエルは見た目が大きく変わることはないって言ってたけど、十分変わり過ぎだ！　というか、これもヤツのやらかし案件に関係してる気がしてならない。

「冒険者になれって言ってたけど、その前に自分の置かれている状況を確認したいところだな」

小さくなったこと以外にも何か不具合がありそうだし。あの様子だと、腕輪を渡し忘れたって感じなんだろうけど、どうなんだろう。分からないことが多過ぎて不安になる。ゲームだったら開始直後に始まるチュートリアルに従っていれば大体のことは分かるんだけど……。

「っ!?」

気配を感じて振り返ると、入口に年配の男性が立っていた。

「おや？　こんなところで何をしているのかな？」

彼はそう言って、人の良さそうな表情を浮かべている。突然の出会いに言葉を失ってしまった俺のことをどう思ったのか、しばらく待ってからこう続けた。

「もしかして迷子かな？　ちょうど私もここを出るところだから、付いてきなさい」

「あ……はい。ありがとうございます」

反射的にお礼を言ったが通じたのだろう。彼は先ほどよりも柔らかな笑みを浮かべてうなずいた。日本語を話しているようで、本当は違う言語なんだろうな。赤子から始まる転生ならまだしも、世界中の色んな言語を話す人が転移してくるとか、それどこのバベル？　って話だ。

男性に付いていこうと部屋から出たら、眩《まぶ》しさで少し目がくらんだ。彼は明るい場所で俺の姿を確認した瞬間、何故か少し動揺したようだ。すぐに気を取り直したのか、「じきに慣れるよ」と言いながらゆっくりと歩き出した。

改めて男性を見てみると、ゆったりとした上下ひとつなぎの服を着ている。友人の結婚式で見た神父さんがこんな格好だったから、聖職《せいしょく》者的な職業の人なのかもしれない。鼻の下に少し髭《ひげ》をたくわえていて、いかにも優しそうなおじさんといった雰囲気をまとっている。

歩き進むうちに、正面からふたり連れが近づいてきた。戦士と魔法使い風の格好で、ふたりとも、俺がここに飛ばされる直前にエリエルが手にしていたのとよく似た腕輪をしている。

【迷える子羊を捜せ】って、変わったクエストだよな」

「個人依頼ならまだしも、緊急クエストですからね。新しいキャンペーンか何かでしょうか」

クエストやキャンペーンの話をしているということは冒険者、しかも転生者なんだろうな。

「私の名前はシンアル。君のお名前は？」

すれ違い、遠ざかりつつあるふたり組の話を聞くともなしに聞いていたら、先導してくれていた男性が話しかけてきた。

「……るい……です」

貴族だけ苗字があるとか、ややこしい事情があるかもしれない。シンアルも名前だけ名乗ったっぽいし、とりあえず自分も名前だけ名乗っておくことにした。

「そうか、ルイというのだね。はじめまして。それで？　どうしてあの部屋にいたのかな？」

「気が付いたら、あそこにいました」

　この質問は本当に困る。気づいたらあの部屋に居たのは事実だけど、この答えでは納得してもらえないだろうし。

「……この教会には、お父さんやお母さんと一緒に？　それとも別の人と来たのかな？」

「一人です。お父さんも、お母さんも（この世界には）いません」

　両親は俺が小さい頃に、向こうの世界で亡くなった。今回の天災とは関係ないので、この世界には来てないだろう。ついでにここが教会だと判明。

「そうか……そうか……」

「えぇ!?　大丈夫ですか？」

　シンアルはうなずきながら目頭を手で押さえたかと思うと、突然泣き出した。どこかが痛むとか苦しそうとかいう感じではないが、対処に困るから勘弁してくれ！

「あぁ。大丈夫だ。うん。大丈夫、私に任せなさい。これもきっと女神さまの思し召《おぼめ》しだろう。幸い、知り合いに身寄りのない子を預かってくれそうなのがいる。とても優しい人だから、安心しなさい」

　ん？　何か誤解されてないか？　捨てられたとか、孤児が迷い込んだ的な勘違い？

「あの……」

「あぁそうそう、あの部屋は〝転生者〟が急に現れる〝女神の間〟と呼ばれる部屋でね。我々

〝地元民〟はあまり入らないほうが良い部屋だ。今日はたまたま王族のお姫様が視察にくるとかで、珍しく衛兵《えいへい》が席を外していたようだが。見つかると怒られるから、気を付けるんだよ」

誤解を解こうと思ったのだが、話題が変わってしまった。まぁ身寄りがないのは事実だから誤解されたままでも良いんだけど。それよりも、だ。

「転生者って？」

「おや、知らなかったかい？　転生者とは異世界からやってくる人たちのことだよ。元々この世界で暮らしていた私たちと区別するために、そう呼んでいるんだ。街を歩いている人たちの中で、同じ腕輪をしている人を見かけたことはないかな？　転生者は何故かみな、同じ腕輪をしていて、決して外れることはないそうだ。だから見た目ですぐに転生者だと分かるんだよ」

右手を見る。左手を見る。うん、これ、あれだ。分かった。エリエルのやつ、どうやらとんでもないものを渡し忘れたっぽいな。腕輪がなければ転生者認定されないってことに、どんな不都合があるかは分からないけど、たぶん〝やっぱーい〟じゃ済まないレベルだと思う。

「地元民が腕輪を手に入れる方法はないのですか？」

「いやー聞いたことないねぇ。転生者はあの腕輪から『イベントのお知らせが聞こえてくる』とか『特殊なクエストが配信されてくる』とか言ってるらしいけど、私たち地元民にはよく分からない話だし。だからそもそも、私も君も手に入れる必要はないさ！」

って、良い笑顔で教えてくれるが、俺はないと困る！　困るんだよ！　しかもさらっと地元民扱いされてるし！　このままだと転生者として大冒険とかじゃなくて、地元民としてごくごく普通の人生を送ることに……いや、それはそれでアリなのか？

シンアルは他にも色々なことを教えてくれた。転生者は基本的に十五歳以上らしい。俺の体格が十二歳くらいだったことも、シンアルが俺を地元民だと判断した理由のようだ。

ちなみにこの世界での冒険者登録は十五歳から。これは転生者も地元民も一緒らしい。うん。分かる。子供には危ない職業だからね……分かるんだが、もしかして俺、年齢制限で登録できないのでは？　ますます冒険者への道が遠のいていってる気がするのだが。

それはさておき、転生者はあの女神の間に現れる。現れたら部屋の外に待機している衛兵が少し様子を見てから、冒険者ギルドへ案内しているそうだ。ギルドで冒険者登録などの手続きを済ませて、それに付随《ふずい》する様々な説明を受けたら、あとはご自由にという感じらしい。

女神の間に現れた転生者を衛兵がすぐに案内しないのは、〝死に戻り〟の可能性があるから。そう、冒険の最中に死亡した転生者は、最後に登録した教会で復活するのだ。普通に考えれば不思議なこの現象も、それが世界のルールとばかりに地元民は普通に受け入れているらしい。

総じて言えるのは、この世界は転生者に優しい世界で、彼ら彼女らが冒険者として充実した毎日が送れるようなシステムになっている。天災（あるいはその関連）で急な不幸に見舞われた俺たちが、本来の寿命の分くらいは幸せになれますようにという女神さまのコンセプトが正しく反映されているようだ。

では地元民はどうかといえば、こちらも明るく楽しく暮らしている模様。転生者は生活・生産関連のスキルが身につかないので、地元民はその方面から転生者をサポートしている。

俺自身は想定外のトラブルに巻き込まれてしまっているけど、みんな幸せそうな良い世界に転生させてもらえたことについては女神さまに感謝したい。あと、エリエルには天罰を与えてくれるよう心から祈りを捧げたい。

話をしながら教会を出て、街を歩く。

街並みはお約束の中世ヨーロッパ風で、石畳の道にレンガや漆喰《しっくい》の壁で建てられた建物が並ぶ。行き交う人々の髪の色が派手だったり、武器や防具を身に着けていたり、獣人《じゅうじん》と思われる耳と尻尾の人もいて感動を覚える。のだが……冒険者風の人々がみんな教会に向かっているように思われるのは気のせいか？

「シンアル？」

「あぁ、転生者が教会へ集まっているね。何かあったのかな。まぁ大騒ぎになっている様子でもないから、事件や事故といった類《たぐい》のものではないだろう」

転生者が不思議な挙動をするのはよくあることで、地元民はあまり気にしないらしい。

「さ、こっちだよ」

きょろきょろと辺りを見回していて遅れてしまった俺を、シンアルが呼ぶ。向かうのは……門？　街の外に出るのか？

「バルバラは人混みが苦手だとか言って、街から少し離れたところに住んでいるんだ。錬金術が得意な腕の良い薬師《くすし》でね。ひとり暮らしだから何かと不自由だろうし、ルイが身の回りの世話をしてくれればと思ったんだよ」

門の衛兵に片手をあげて挨拶しながら、そう説明してくれた。街は低めの壁に囲まれていて、出入りは門だけのようだ。街に入る人たちは身分証のようなものを見せているが、出る時はスルーらしい。

「ルイは身分を証明できるものを何か持っているかな？」

門を出て、衛兵に話が聞こえないくらいの距離になってから、シンアルが聞いてきた。

「いえ。何もありません」

「うん。そうじゃないかと思ったんだ。何も荷物を持ってないし、連れの人もいない。街の人なら荷物を持たずに外出することはあるだろうけど、君は街の人のようには見えなかったし……だから……外から来て……連れの人に……置き去りに……ック……ゥゥ」

シンアル……泣き過ぎだ。そしてその豊かな想像力でどんな物語が頭の中で繰り広げられているか分からないが、勘違いだからね？　だからといって他に説明できないから訂正しないけど。しかしこれだけ泣きながら、ちゃんと歩けるのが凄いな。前見えてるのか？

「あぁ、すまない。身分証についても心配しないで良い。後日、私かバルバラの紹介だと伝えれば衛兵は通してくれる。その日に冒険者ギルドで住民登録をすると良いよ」

冒険者ギルドは冒険者登録だけではなく、住民登録も行っている。冒険者登録を行った際にギルドカードが発行されるが、その際に使う魔法の道具で住民登録を行うことを、ギルドは国から委託されている。

なお転生者は住民登録しない、というかできない。冒険者カードの簡易版が住民カードなので、作る必要ないでしょ、ということらしい。逆に地元民が冒険者になる場合は冒険者カードを発行してもらう必要がある。俺は地元民スタートになりそうだが……。

シンアルと雑多な話をしながら、街の外を歩いていく。比較的大きな街道から小さな横道にそれて、少し急な坂を丘の上へと向かう。見晴らしが良くなって、遠くまで広がる草原の所々に、濃い緑色をした森がぽつんぽつんと見える。元の世界では味わえなかった風景に胸が躍る。

「ここから入るんだよ」

「え？　ここ？」

シンアルが指し示したのは唐突に現れた森、その茂《しげ》み。うっすら空間らしきものがあるが、断言《だんげん》しよう、道ではない。

「転生者とか入ってきたらうっとうしいからって、入口を隠してるんだよ」

「うっとうしぃて」

「バルバラは人混みが苦手って言っただろう？　転生者は群れで押し寄せることが多いからね」

「まぁ分かりますけど」

まるでモンスターか野生動物の群れのような言われっぷりだが、さっきも教会へ向かう転生者の波を見ちゃったからな。とはいえ、バルバラは少し変わった人なのかな？

シンアルが茂みをかき分けてガサゴソと分け入るのに、ガサゴソと続く。茂みを抜けると少し分かりやすい獣道が森の奥へと続いていた。しばらく進むと道が開けて、こぢんまりした空間に小さな家が見えて……ちょっとマテ。

「シンアル、煙突《えんとつ》から紫色の煙が出てますが？」

「あぁ。在宅のようで何よりだ」

「いや、そういうことではなく」

「バルバラー、バルバラー、いるかーい？」

「自由かお前」

微妙に話が通じないシンアルへのツッコミが徐々に雑になりつつある。見た目のわりに豪快な勢いでシンアルが扉を叩き始めると、中から年老いた女性の声がした。

「扉が壊れるだろが！　デカい声ださなくったってちゃんと聞こえてるよ！」

扉を開けて出てきたのは、何と猫獣人だった。子ども体型の俺よりもさらに小さい、背中を丸めたおばあちゃんといった様子。いや、猫背といった方が正しいのか？

身長よりも大きな杖を手にして、薬師というよりは森の魔女といった雰囲気のローブに身を包んでいる。耳をぴくぴくさせながら、大きな目でシンアルと、その横に立つ俺をジロリと見つめてきた。何か圧が凄いな、このばあちゃん。

「バルバラ、久しぶりだな。家にいたようで何よりだ。今日は頼みがあってやってきたんだ」

「シンアル、久しぶりに来たってのに厄介《やっかい》ごとを持ち込んだのかい？」

「そう言うなよ。前に腰を悪くしたって言ってたから、身の回りの世話をしてくれそうな子を連れてきたんだよ。この子の名前はルイ。身寄りがないから、世話をする代わりに面倒を見てあげてほしいんだ」

「ふん！　あたしゃまだまだ現役だよ。それにこの子は……家事妖精じゃないか」

家事妖精？　俺が？

「あぁ。だが完全な家事妖精というわけではなさそうだよ。少しとがった耳、整った顔立ちなど特徴はあるが。妖精のチェンジリングに何らかのトラブルがあった、とかなのかな。おそらく、それが理由で……この子は……クッ……ウゥウゥ……」

もはやお約束のように泣き出すシンアル。鼻の上にしわを寄せて、顔をしかめるバルバラ。何か衝撃的な事実が開示されたようだが、ふたりのやり取りのせいで深刻に考える暇がない！

「あー、もう、泣くんじゃないよ。相変わらず、うっとうしい男だねぇ！　分かった、分かったよ。面倒を見れば良いんだろう。まったく」

「おぉ、そうか！　良かったな、ルイ。バルバラは口は悪いが優しいやつだ。きっと悪いようにはしないよ」

泣き止んだかと思うと花のような笑顔を浮かべるシンアル。お前の表情の変化はホント、顔芸に近いと思うぞ。バルバラも大きめの目と耳のせいか、かなり表情豊かな方だが。

「ハッ！　誰が優しいもんかね。家事妖精ってことは家事が得意なんだろう？　奴隷のようにこき使ってやるよ。こんなとこじゃなんだから家にお入り、あんたもだよシンアル。作り過ぎた薬があるんだ。アタシには要らないやつだから持っていきな。あと茶が余ってるんだが、場所をとって仕方がないよ。邪魔だからついでに処分してっておくれ」

「な、優しいだろ？」

「えぇ。これがツンデレというやつですね」

「何をごちゃごちゃ言ってるんだい！　さっさと入りな！」

バルバラに叱られ、シンアルとふたりで慌てて家に入った。

家の中は明かりが少ないせいか薄暗かった。入ってすぐの部屋はおそらく居間と思われるのだが、控えめに言ってカオスだった。そこら中にフラスコやビーカー、中身の入ったもの入っていないもの、用途の分からない様々な道具が置いてある。

さらに錬金《れんきん》の材料に使うのか、干された薬草のようなものや種子、ちょっと触りたくない生っぽい動物の何かが無数に散乱《さんらん》している。居間の奥が錬金工房のようだが、煙突に入りきらなかったのか、こちらにまで煙が漏れてきている。もちろん紫色だ。くさいというよりは苦い臭いがしてきて、心なしか目に染みる。

「バルバラ、少しは片づけた方が良いといつも言っているだろう」

「片付けなんかしなくたって生きていけるんだよ。勝手に物が増えるんだ、しょうがないだろう？」

ばあちゃん、それ全然言いわけになってないからな？　俺とシンアルの呆れかえった表情に分が悪いと感じたのか、バルバラがすぐに話題を変える。

「そんなことはどうでも良い話だ。昼飯はまだだろう？　食っていけば良い」

「それはありがたい。遠慮なく呼ばれるとしようか」

適当に座るよう指示すると、バルバラが台所？　と思われるスペースに引っ込んだ。俺とシンアルは机の上、だけじゃなく椅子の上にまで浸食《しんしょく》した得体《えたい》のしれない何かを、とりあえず横に寄せて、三人分のスペースを確保する。

「茶でも飲みながら待ってな」

目の前にゴトリと置かれたのは、乳鉢《にゅうばち》。小学校の理科の時間に、光合成の実験か何かで葉っぱをすりつぶす時に使っていた、アレである。せめてビーカーだろ、おぃ。

「バルバラ、もう少し食器とかをだな」

「いちいちうるさいねぇ。飲めりゃ良いんだよ飲めりゃあ」

シンアルも似たような感想を持ってくれていたようで安心した。この世界の常識が分からない俺には、ツッコミのハードルが高過ぎる。台所から文句を言いながら、バルバラが魚っぽい形をした昼食らしきものを持ってきた。

「バルバラ……」

「なんだい？　この私がわざわざ用意してやった昼飯に、何か文句でもあるのかい」

「いや、相変わらずで、何よりだよ……」

シンアル、諦めるな。お前の反応で色々と察するところはあるが、これがダメなことは異世界初心者の俺でも分かる。だって、凄くコゲ臭いもの。

「それでは……いただこうか。天にましますす女神さま、私たちは生きるために働かず、生きるために稼がず、ただ生きることの楽しさを、喜びを求めて、この世界を巡り巡りゆく全ての命に、あまねく幸せをもたらすために、今日の糧を分かち合えることに感謝の祈りを捧げます……いただきます」

シンアルの「いただきます」で食べ始めるわけだが。前半がニート万歳みたいな感じで危うく吹き出しそうになった。女神さまの教えは幸せになろうってのが根本にあるみたいなので、教義を正しく伝えているお祈りなんだろうけれど。焦げた魚は……中のほうは美味しかった。

食事中はバルバラとシンアルの話がメインだった。最近家から出ていないバルバラのために、街の様子を色々と教えてあげているみたいだ。シンアルとバルバラは古くからの知り合いのようで、たまに昔の思い出話のようなエピソードが交じる。

バルバラは口は悪いけどシンアルには気を許しているようで、シンアルが優しく受け入れているのが微笑《ほほえ》ましい。人と接するのが少し苦手な自分には、ふたりの関係が少しうらやましく感じられる。

楽しいような、自分だけ仲間はずれで寂しいような食事の時間も終わり、バルバラがシンアルに土産を持たせているが……多いなぉぃ。持ち切れるか心配になったが、ここでもシンアルは見た目を裏切るパワフルさを見せつけた。

「今度来る時には厄介ごとを持ち込むんじゃないよ」

「ルイのこと、よろしく頼むよ」

家の外まで出てお見送りだ。

「ありがとうございました」

シンアルに向かって、深く頭を下げる。経緯はどうあれ、シンアルのおかげで路頭《ろとう》に迷うこともなかった。これからバルバラと上手くやっていけるかどうか分からないけど、何の得にもならないはずの、迷子の面倒を見てくれたことには本当に頭が下がる思いだ。

「気にすることはないよ。これも女神さまの思し召し。私の幸せのためにやったことなんだから。また街で会えると良いね」

そう言いながら微笑んで、シンアルは森の獣道《けものみち》へと姿を消していった。

「さ、家にお入り。これからは客人としてじゃなく、家のもんとして扱うからね、ルイ」

「はい、バルバラさん」

「……」

ゴスッ。突然、バルバラの手に持った杖が俺の頭に振り下ろされる。

「っ痛ぅ！　……バルバラさん⁉」

ゴスッ！　再度、無言で振り下ろされる。

「痛いって。なんでこんなことを！」

さらにゴスッ！

「良い加減にしろって！」

流石に限界だ。口調《くちょう》も荒く、バルバラを威嚇《いかく》する。

「それが素のあんただね。『バルバラさん？』ふざけんじゃないよ。肩凝ってしょうがないじゃないか。お前は家の子になったんだ。他人みたいな言葉遣いはやめな」

ははーん。さてはお前、口が悪いだけじゃなくって、素直になれないタイプのやつだな？しょうがないやつめ。しかもあれか、ひとり暮らしで他人と接する機会がないから手加減の仕方を忘れたとかいうやつか。おーけーおーけー。そんな事情なら俺も許してやらんことはない。

「何青筋立てながらニヤニヤしてるんだい。打ち所が悪くて頭がおかしくなったのかい？さっさと家に入りな。あたしゃ忙しいんだよ」

「まず謝れ！」

上手くやっていけるのかな、俺。

「あんたは二階の部屋を使うと良い。あいつも急に連れてきたって、準備のしようもないじゃないか、まったく」

バルバラに続いて二階へ。案内された部屋の扉を開けると……予想通りのカオスだった。

「物置として使ってるけど、寝れないことはないだろ」

「いや、どこに寝るんだよこれ」

所狭しと物が置かれ、床にはかろうじて人ひとり分のスペースがある。

「床に、決まってるだろう？」

おい。何を言ってるんだコイツみたいな目はやめろ。口に出してはいないが、異世界は初心者だぞ？　これが常識だと思ってしまったらどう責任をとってくれるんだ。

「……分かった。あとで片付ける」

「お前もあれだね。シンアルと同じで細かいことが気になるやつだね。良いかい、ウチは狭いんだ。客人用の部屋なんてないし、寝泊まりできるとこなんて、この部屋以外にはないんだからね。贅沢《ぜいたく》言うんじゃないよ」

バルバラは荒っぽく言い放ちながらも、ちゃんと理由を教えてくれる。たぶん本当に、この家ではこの部屋くらいしかないんだろう。確かに、身寄りのない子どもを急に押し付けられたら困るだろうし、俺自身も元の世界の常識とかで判断するのは、それこそ贅沢だと思う。

「バルバラ、ありがとう」

「……っ、見るだけ見たらさっさと下りてきな！」

急にキレたかと思うと、返事も待たずに階下へ降りて行った。照れてるんだろうなとは思うが、それは指摘しないでおこう。良い人に巡り合えて、良い人に預けられたんだし、まずはここでの生活に馴染《なじ》めるように過ごしてみようと思う。

今日は初日ということもあり、必要最低限の家の案内をしてもらった。夕飯はまたも黒コゲの魚。一刻も早く食糧事情を改善することを心に誓った。食べながら、教会で拾われたことなど、俺のことについて少し話をした。

ついでに家事妖精について尋ねてみたのだが、家事が得意な妖精ということ以外はあまりよく分かっていないらしい。家人のいない家にいつの間にか入り込み、片付けや掃除、家畜の世話などを手伝ってくれる妖精だそうだ。

基本的には訪れた家に幸せをもたらすのだが、妖精らしい悪戯《いたずら》好きな一面もある。先取りして家事を済ませてしまうと、怒ってその家に不幸をもたらすこともあるのだとか。

滅多《めった》に姿を見せないが稀《まれ》に目撃されることもあり、人に似た外見、ややとがった耳と整った顔立ちをしていると伝えられている。ただ、俺の外見が妖精よりも人間に近かったので、シンアルは完全な家事妖精ではなく、人間とのハーフあるいはチェンジリングなど、何か事情がある子どもと判断した模様。

何故俺が、とか色々疑問も残ったけど、とりあえず受け入れることにした。自分が種族的に何か混じってたからといって、特に困ることもないだろうし。むしろ分かったことがあった分だけ、少し安心した。

あとは明日からの生活について。「今までいなかったんだから特にやることはない、適当に家事でもしていろ」とのこと。当面は自分でやることを探しつつ過ごすことになりそうだ。寝《しん》具《ぐ》と言えるかどうか怪しい、所々に得体のしれないシミのある布を渡されて就寝となった。


翌日、俺が最初に手を付けたのは片付けだ。ここの生活に馴染もうとは思ったものの、流石に限度というものがある。というか異世界とか関係なく、この家の散らかりっぷりが普通じゃないことはシンアルの様子からも間違いないだろう。とりあえず居間、台所、俺の部屋だけでも早急に何とかしたいところだ。ということで、朝食を終えたバルバラに声をかける。

「バルバラ、居間から片付けようと思うんだけど、触っちゃだめなもんとかあるか？」

「全部だね」

「それじゃ片付けられねぇだろうが」

「全部必要なもんなんだよ！」

「全部いっぺんに使うわけじゃないだろ！」

「使いたい時にその辺にあった方が便利だろうが！」

「片付けてそこから出しゃ良いだろうが！」

「ふん！　頑固《がんこ》なやつだね、好きにすると良いさ」

バルバラはそう言って工房に籠《こも》った。どっちが頑固だ。まぁ許可も出たことだし、勝手に片付けるとしよう。元々綺麗好きというわけではないのだが、どうにもこの部屋の状態が我慢できない。これも家事妖精の種族特性なのだろうか？

それに、片付け方にしても、どうすれば効率的に片付けられるか、収納の使い方、並べる時の種類分けなどが次々と頭に浮かぶ。片付け能力に何か妙な補正がついてるのかもしれない。自分でも驚くほどのスピードで居間が片付いていく。昼過ぎになり、工房から出てきたバルバラが全身の毛を逆立てて驚いた。

「なんだい、こりゃあ!?」

「あぁバルバラ、ちょうど良いところに。そこにまとめてある錬金系の器具とか素材、どこにしまえば良いか指示してくれ」

「え？　あ、あぁ、こいつらは工房の棚と地下室に分けてくれれば……」

バルバラは戸惑いながらも、一つひとつ指示してくれた。朝と反応が違うのは、ちょっと驚いて判断力が鈍《にぶ》っているのかもしれない。よしよし今のうちだ。

「お、そうか。じゃあ昼過ぎたら少し工房にも入らせてもらうぞ」

「それはまぁ、しょうがないが。工房のものは勝手に触るんじゃないよ」

「分かってる分かってる」

バルバラは「どんな魔法を使えばこんな……」などとぶつぶつ言いながら台所の方に向かったが、再び「なな、なんだこにゃあ！」と驚いていた。にゃあて。


工房もひどかった。それはそれはひどかった。さすがに居間よりも怪しげな器具や素材が多かったので、バルバラに指示してもらいながらの作業だったが、片付けよりも「それはいつか使うから出しっぱなしにしている」、「そこにないと落ち着かないから置いている」などとわけの分からないことを言うバルバラを納得させるのに時間がかかった。

根気強い説得に強制執行を織り交ぜての片付けは、必死の抵抗を受けた。今日一日だけで何回叩かれたか分からない俺の頭を犠牲にして、工房は夜までに見違えるほど片付いた。

おかげで俺の部屋の片付けは明日以降になったけど。

居間や台所、工房などの主要な部屋と、それ以外の場所についてもおおよそ片付けが終わったので、次は掃除である。天井や壁、棚の上を掃除するとほこりが落ちるため、掃除の基本は上から下へ。さすがに大掛かりになるので今は天井まではやらないけど、踏み台に乗れば届くくらいの高さから順にほこりを落としていく。

続いて家の裏の井戸から水を汲み、古布を濡らして拭いては洗う作業を繰り返す。拭いた後の雑巾を洗うのに使っている、バケツの水の色がおかしなことになってるな？　普通は黒っぽく濁《にご》るのに、なんで紫やら緑やらカラフルに発色するんだよ！

掃除そのものは片付けのような争いが勃発《ぼっぱつ》することなくスムーズに終えた。俺の頭も無事で何よりだ。


片付け、掃除とくれば、次は洗濯である。何故この順番かというと、この家には洗剤がなかったからだ。初日にせめて寝具だけでも洗おうと、バルバラに洗濯を申し出た時に発覚した。今までは水洗いだけだったらしい。

主要な部屋を片付ける時に見つけた錬金素材が、洗濯用洗剤や食器洗い洗剤の製作に使用できることが分かったので、バルバラに錬金をお願いした。これが完成したのが、今日である。

「しかしこの色……」

濁った黄色なのに、薄く光っている。これを使うと洗濯物が全部黄ばむんじゃなかろうか。

洗剤の色合いに微妙な不安を感じつつ井戸端で洗濯の準備をしていたら、いちいち水を汲み上げるのは大変だろうから裏山の川でやれと言われた。正確には「そんなところで洗濯なんかされたら目障《めざわ》りでしょうがないよ。水が使いたけりゃ裏山にたんと流れてるから、好きなだけ使いな！」などと言っていたが。

大量の洗濯物を抱えて家の裏に向かう。言われた方へ歩いていくと、ほどなく小川に行き当たった。洗い桶《おけ》を置き、洗剤と水と洗濯物を入れて、じゃぶじゃぶやり始める。洗濯機を使う生活に慣れていたが、こういうのも家事してるって感じで悪くな……い？

「ちょ、待っ、なんだ⁉　この泡の量‼」

手を止めても泡立ちが止まらない。それどころか増え続ける泡が洗い桶から溢《あふ》れ始めたかと思うと、みるみるうちに川辺が泡だらけになっていく。泡の大洪水だ！　ふと、洗剤の製作をバルバラに依頼した時のことが思い出された。

◆◆◆

「洗剤？　なんで洗濯に洗剤なんか要るんだい？」

「洗剤があれば汚れが綺麗に落ちるんだよ」

「そんな綺麗にしなくっても、多少汚くたって死にゃあしないよ」

「死にゃあしないかもしれないけど、臭かったり見た目が悪かったりしたら気になるだろ？」

「あたしゃ平気だよ」

「いや気にしろよ」

「まーったく面倒くさいやつだよ本当に。分かった分かった。汚れが落ちれば良いんだね？」

「あぁ。片付けの時に見かけた素材で作れるはずだから。あと、泡立ちが良くて良い香りがするような感じで頼む」

「注文の多いやつだ。家事妖精ってのはみんなこうなのかね」

◆◆◆

回想を終えて、我に返る。確かに泡立ちが良くて……良い香りがする。さすがはバルバラ。オーダー通りの良い仕事をしてくれたようだ。川の水で洗濯物の泡を洗い流すと、驚くほど汚れが落ちている。布のくたびれた部分は別として、色合いは新品のようだ。むしろ微妙に発光しているように見える。……だがしかし。

「あいつには……限度というものを教えてやらねばなるまい」

辺り一面泡だらけの川辺で、全身泡まみれになりながら、妙に光り輝く洗濯物を握りしめて、そうひとりつぶやくのだった。


今日は買い出し。初めてのお使いだ。家の中でできることはこの数日間でひと通り終えたのだが、どうにも食器、寝具、その他もろもろ足りないものが多い。バルバラに相談したところ、買い出しに行ってこいとのこと。

「余計なもの買ってくるんじゃないよ」

「分かってるよ。住民登録もしないといけないし、あんまり時間もないだろうからな」

そう。今日は冒険者ギルドでの住民登録も予定しているのだ。俺は身分証にあたるものを何も持っていないが、今後は街に行く機会も増えるだろうし。初めてのひとり歩きは不安もあるが、結構楽しみだ。

「困ったことがあったら衛兵に声をかけな。門のとこにいるのと同じ格好のやつが街の中をうろうろしてるはずさ。あんた見栄《みば》えだけは良いんだから、攫《さら》われないように周りに気を付けな」

「あぁ。心配してくれてありがとう」

「ハッ。誰が心配なんか。放っといたら人の家に勝手に上がり込んで家事を始めたりするだろうからね」

「いや、やらないぞ⁉」

来た道とはいえ、逆にたどって街に行くのは初めてのこと。風景が違うから合っているかどうか心配だったが、それほど時間をかけずに見覚えのある道に出たので安心した。遠くに見えていた街がだんだんと大きくなっていくのにつれて、中の喧騒《けんそう》が風に乗って届き始める。

街に入る人の列に並び、前方でベテランと若手といった感じのふたり組の衛兵が手続きをしているのを眺める。身分証の確認くらいなので列はスムーズに進み、ほどなく俺の順番がきた。

二十代くらいだろうか、若い方の衛兵が手続きをしてくれるようだ。

「身分証は？」

「持ってません。この近くに住むバルバラの元で世話になっているものですが、街に入れてもらえませんか」

「バルバラ？　一体誰のことだい？」

あれ？　バルバラの紹介って言えば入れるって聞いてきたんだが。これで入れなかったら俺にはどうしようもないぞ。

「森に住む獣人の薬師なんですが、知りませんか？」

「いや、聞いたこともないね。身分証明ができるものがなければ、街には入れられないよ？」

「困ったな……」

　他に方法もないし、一旦出直すしかないか。

「どうした？」

　トラブルの気配を察知したのか、ベテランの方の衛兵が声をかけてくる。鮮やかな赤髪で、頬からあごにかけて、もっさりしたひげをたくわえている。

「ベルンハルトさん、この子は身分証明書がないそうなんですが、バルバラの世話になってるとか言ってて……」

「バルバラのっ⁉」

　ベルンハルトと呼ばれた衛兵がバルバラという名前にもの凄い反応を示した。知ってはいるみたいだけど、ちょっとリアクションが大き過ぎないか？　大丈夫なのか？

「君、名前は？」

「ルイと言います」

「そうか。ルイ、君がバルバラさまのお世話になっているというのは本当かい？」

　バルバラさま？　偉そうな態度ではあるがただの猫婆ちゃんだと思うんだが。

「同じ人か分かりませんが、猫の獣人で薬師の、バルバラです」

「ふむ。最近お見かけしなかったから、心配していたんだよ。バルバラさまはお元気かな？」

「えぇ。毎日元気に俺の頭を叩いてますよ」

「そうかそうか。お元気そうで何よりだ。あれは何というか……一瞬、世界が揺れるよな」

「あ、分かります？」

おっと思わぬところで同志を発見した。そう、杖がヒットした瞬間にクンッてなるんだよ。あれは叩かれた人じゃないと分からない感覚だよね。

「分かるとも。なるほど、確かにバルバラさまの身内だね。今日はこのまま通って良いから、この札を冒険者ギルドに持っていって住民登録をしなさい。次回からはそれで通ると良いよ。ギルドは大通りをまっすぐ行けばすぐに見つかるから」

「ありがとうございます」

「礼には及ばないよ。ヌルの街へようこそ。気を付けてな」

このままベルンハルトにバルバラとの関係とか色々聞きたい気もしたが、列に並んでいる人をかなり待たせてしまっている。礼を言い、また今度バルバラのこと聞かせてくださいね、と付け加えてから街の中へと足を踏み入れた。

「おぉ……」

門を抜けると視界が開けて、賑《にぎ》やかな街の様子が目に飛び込んできた。一度は見たはずの風景だけど、前回は気持ちに余裕もなかったし。改めて見る街の賑わいに少し感動する。

大通りには店が並ぶ。中に入らないと何屋か分からない店もあれば、通りに面して商品を並べているところもある。野菜や果物は見たことがないものばかりで、いつかは試してみたいところだが今は味を想像するだけにしよう。雑貨屋風の店では家事に使えそうな道具を見つけたが、これも今は我慢だ。

店が並ぶ通りを抜けると、中央に噴水のある広場に出た。主要な建物が集まっているらしく、この辺りの建物は他よりもひと回り大きく見える。剣と盾の意匠《いしょう》の看板がかかっている建物が冒険者ギルドで、入口には前後に開くタイプの両扉が設置されている。

こういうのってそれらしい雰囲気があって良いんだけど、うっすら中が見えるのが初めて来た人には微妙に怖いというかなんというか。とはいえ、今日の一番目の目的地なので、勇気を出して中に入ることにする。

ギルドの中は思っていたよりも清潔感があった。これもテンプレだが酒場風のスペースが併《へい》設《せつ》されており、何人かの冒険者が食事をしながら談笑《だんしょう》している。ギルドの奥にカウンターがあったので、とりあえず声をかけてみる。ポニーテールの元気なお姉さんといった感じの人だ。

「すみません。住民登録をお願いしたいのですが」

「はい、住民登録……ですね。衛兵が発行した札はお持ちですか？」

受付の女性が俺の顔を見た時に少し間があった気がするが。何を言おうとしたか一瞬忘れたとか、そんな感じだろう。ベルンハルトから渡された札を手渡したのだが、やっぱめっちゃ俺の方を見てる気がする。銀髪が珍しいのか？

「確かに。それではこちらの魔道具に手をかざしてください」

平たい板に水晶の玉のようなものが埋め込まれている。言われた通りに手をかざすと薄く光り、横からカードのようなものが現れた。

「はい、こちらが住民カードです」


――――――――――

名前：ルイ
種族：人間
年齢：十二
職業（クラス）：家事手伝い

――――――――――


待てぃ。職業が家事手伝いって。嫁入り前か。というか職業か、それ。

「偉いですね。これくらいの年齢だと職業は空欄になるんですけど」

褒められても微妙に喜べないんだが。というか他にも気になるところがある。

「あの、俺は人間ですか？」

「え？　あぁ、見た目が少し変わっているから、というか整い過ぎてるから？　たぶんお父さんかお母さんか、さらにその先かで他の種族の血縁がいるんだと思うけど、獣人の人がいるくらいなんだし、誰も気にしないよ？　でも私は気になるけどね？　その見た目で私と同じ人間ってズルくない？　ねぇ、どういうこと？」

良かった。家事妖精の血が住民カードにどんな影響があるか少し心配だったのだが、無事に人間認定されたらしい。家事も嫌いじゃないし家事妖精が混じってるのは気にしてないけど、周りの人に変な生き物扱いされると生きていくのが大変そうだ。

とはいえ〝家事マニアの人間〟とか別な扱いをされる可能性も出てきてしまったわけだが。何故かおすまし顔も丁寧語も崩れてキレ気味になってしまったお姉さんはスルーすることにして。お姉さんも綺麗な人だとは思うんだが、その方向で発言したら大変なことになりそうな気配がする。なので、

「ありがとうございました」

にっこり笑って話を終えることにする。

「くっ……笑顔までズルい！」

とりあえず住民カードは手に入れたし、冒険者になれない年齢の俺はもはやここに用がない。買い物にどれくらい時間がかかるか分からないし、さっさと買い物へ向かうことにしよう。

「いらっしゃい。お使いかい？　偉いねぇ」

訪れた店は野菜と果物のようなものを扱っている店だった。店員は恰幅《かっぷく》の良いおばちゃんといった見た目のヒツジ？　の獣人だ。

「そのまま食べれそうな果物とかありますか？」

「それならこの籠のムーンフルーツが良いんじゃないかい。今がちょうど旬で食べ頃だよ」

教えてくれた籠に手を出そうとして、隣の人にぶつかってしまった。

「あ、すみません」

「お？　このガキ！　痛ぇじゃねぇかこの野郎！」

む、ここで絡まれイベントか。冒険者ギルドで大丈夫だったから少し気を抜いてしまっていたようだ。これがゲームなら戦闘に入って返り討ちにしてという感じなんだろうけど、あいにくこちらは家事手伝いレベル一。戦闘なんてできるはずもない。

「ティーチ、相手は子供じゃないか。よしなよ」

「うるせぇババア、ひっこんでろ！」

なだめてくれるおばちゃんにも怒り散らしているのだが……チワワ？　犬獣人なんだろうけど黒目がちで、微妙に可愛い。そのせいか、あまり恐怖を感じない。感じないんだけど、このまま放置というわけにもいかないし、どうしたものか。

「何黙ってやがる！　世の中の厳しさってやつを教えてやろうかこの野郎！」

仕方ない。このままじゃお店にも迷惑がかかるし、土下座するなりお金を払うなり、何か対応しなきゃな、などと考えていたら――

「何の騒ぎだ！」

衛兵さんが駆けつけてくれたようだ。そういえばバルバラも困ったら衛兵に声をかけると良いって言ってたな。急なトラブルで思いつかなかった。

「このガキが俺にぶつかってきたんだ。正当防衛ってやつだろう!?」

チワワめ。微妙に真実を織り交ぜてくるから反論できないな。

「黒が混じった銀髪の少年、君はルイだね？」

「あ、はい。どうして俺の名前を？」

「今朝がた、ベルンハルト隊長から全体通達があってね。君に何かあったら全ての衛兵の頭が無事じゃ済まないことになるから注意するようにと言われているんだ」

バルバラ……お前……過去に何やったんだ……。むしろ俺まで要注意人物みたいな扱いじゃないか。

「俺を無視して話を進めるんじゃねぇよ！　このガキに俺が今から世の中の厳しさを……」

「やめておけ。この子はルイ。バルバラさまの縁者《えんじゃ》だ。下手に手を出せばタイガーファングもただじゃ済まないぞ」

「バ……バルバラ!?　生きてやがったのか、あの婆さん！」

「まぁ！　バルバラさま!?」

どうやらバルバラは衛兵さんだけではなく、この街の住民の間でも有名人のようだ。ただじゃ済まないという表現で、どっち方面に有名なのか多少の不安を感じるが。

「ま、まぁ、今日のところは見逃してやる。バルバラのババァ……さまにもよろしく言っておけ……ください」

足早《あしばや》に立ち去るティーチを見送って、衛兵さんにもお礼を言う。

「ありがとうございました」

「いや、間に合って良かった。いつも助けられるとは限らないから、気を付けるんだよ」

そう言って衛兵さんも去って行った。妙な展開になったけど、果物は買って帰るとしよう。

「あの、さっきの果物、ふたつもらえますか」

「あぁ良いとも。ひとつおまけしてあげるから、また来ておくれ」

ちょっとしたトラブルはあったけど、顔なじみの店がひとつできたようだ。

家に帰り、今日の出来事をバルバラに話して聞かせる。果物屋で買ったムーンフルーツの皮をむきながら、ちょっとだけ絡まれた出来事を話した瞬間、バルバラの目が怪しく光った気がしたが、気のせいだと思うことにした……。

◆◆◆

三か月ほど経った頃、シンアルが訪ねてきた。すでに俺の家事への想いは家の中だけでは満たされず、家の外壁《がいへき》の掃除から庭の草むしりにいたるまで、屋外での作業も増えていた。今日は少し花壇のようなものでも作ろうかと準備をしていたところだった。

「ルイ、久しぶりだね」

「シンアル！　来てくれたのか」

相変わらず神父風の服に身を包み、柔和《にゅうわ》な笑顔を浮かべているが。

「どうした？　微妙な顔して」

「いや、家の様子があまりに変わってしまったので、道を間違えてしまったのかと思ってね」

「少しは綺麗になっただろ？　屋根の上の作業をやらせてもらえないのが不満なんだけどな」

バルバラには「危ない」「落ちたらどうするんだ」「屋根がボロくたって死にゃしない」とか散々反対されたのだ。

「まぁ屋根に上がっての作業となれば、もはや家事じゃなくて大工仕事だね」

「うん。そう言われると少しやる気が削《そ》がれるな」

「それは良かった。あまりバルバラに心配をかけないようにね」

そう笑いあって、家の中に案内する。

「バルバラー、シンアルが来てくれたぞー」

工房に声をかけると、すぐに返事があった。

「今は手が離せないから、少し待たせておきなー」

「だ、そうだよ。……シンアル？」

「いや、いや、これはおかしいだろう。バルバラの家がこんな、こんなに片付いているわけがない。これは夢だ、そうに違いないんだ」

わなわなと震えているが、そんなには……変わったか。だいぶ時間が経ち、今の様子に慣れてしまったが、初めて見た時には本当に足の踏み場も座る場所もなかったもんな。

「こんな綺麗な部屋にしてしまったらバルバラが体調を崩してしまうんじゃ……」

シンアルも結構ひどいこと言うな。部屋を掃除したら体調を崩すとか、いや、バルバラならありえないことも……。

「何失礼なこと考えてんだぃ、この馬鹿どもが！」

「ぐぁっ！」

「痛ぅ！」

超スピードで工房から飛び出したバルバラに、ふたり揃って叩かれる。なんで俺まで！

「お前の考えてることとなんざ、お見通しだよ」

「くっ、魔女ババァめ」

「はっはっは、仲良くやってるみたいで安心したよ」

シンアル、相変わらず斜め上の解釈《かいしゃく》をするやつだ。

「で、今日は何の用事だい？　あぁ、立ちっぱなしもなんだ、そこへ座んな。ルイ、茶だよ」

「はいよ。バルバラは熱めのやつな」

「あたしゃ猫舌だよ！」

叩かれる前に台所へ引っ込む。居間から楽しそうなシンアルと、不機嫌そうでどこか柔らかいバルバラの声がするのを聞きながら、お湯を沸かして茶葉に注ぐ。茶器も湯飲みも街でひと通り揃えてきた。そんなものに金を使うなんて、とバルバラはぶつぶつ言っていたが、茶器を揃えてからはお茶のオーダーが増えたので、そこはお察しだ。

「はい、どうぞ」

「あぁ、ありがとう。……乳鉢じゃ……ないんだな……クッ……」

シンアル、泣くほど嬉しいのか。今まで乳鉢で出されていたお茶が湯飲みで出てくるようになったら確かに嬉しいかもしれんが、それ冷静に考えたら普通の出来事だからな？

「ふん。毎度毎度大げさなやつだよ」

「おぉ、すまんすまん。つい、な。あぁ、美味い茶だ。淹《い》れ方も上手だね」

「まぁお茶くらいならな」

美味いお茶が淹れられるのは日常生活が豊かになるスキルだと思う。難しい料理などは特殊な材料や調理器具、時間も必要になるが、お茶ならもう少し気軽だし。

「料理はしないのかな？」

「ごく簡単なものならできるけど」

「そうか。実は、今日訪ねてきたのは他でもない、ルイに食堂の手伝いをしてもらえないか、お願いしにきたんだよ」

突然の話に驚いて、シンアルを見る。自然と視界にバルバラが入るが、やはり目を見開いて驚いているようだ。

「なんだい急に。まぁた厄介ごとを持ち込んだんじゃないだろうね」

「いや、厄介ごとというほどでもないんだがね。バルバラも知ってるだろう？　ヌルの街の〝どんぐり亭〟だよ。コナが身ごもってね。クヌひとりでは食堂を続けるのが難しいから当分閉めようかって言ってるんだ」

「あぁ、クヌとコナかい。確かに知らない仲じゃあないが。他にも人はいるだろうに」

バルバラがお茶をすすって渋い顔をするが、味のせいではあるまい。嫌というほどでもないがなんで俺を貸し出すのか、少しだけ納得がいかないといった様子。

「ほら、クヌが少し気難しいだろう？　誰でもってわけにはいかなくてね。ルイなら家事も得意だろうし。私もあの夫婦には世話になっているから、できれば何とかしてやりたいんだよ」

「事情は分かったが、ルイはどうなんだい？」

「手伝うのは構わないけど、上手くできるかは分からないぞ？　クヌさんとやらが気難しいならなおさらだ。仲良くやれる自信はないな」

自慢じゃないが、俺はそれほど社交的じゃない方だ。仕事となれば割り切って丁寧語で社交的な雰囲気を装うが、それ以上のお付き合いは求めない。友人関係は深く狭くが基本で、友達百人ほしいタイプじゃないのだ。

「ルイなら大丈夫。私は上手くやれると思うよ」

「またそんな、根拠《こんきょ》のないことを」

食堂は主人のクヌ、奥さんのコナのふたりでやっているそうだ。娘のアラカがフロアの手伝いをしているが、まだ十歳と小さいので調理場には入れてなかったらしい。俺も十二歳なのだが、即戦力で料理を教える必要がないなら問題ないだろうとのこと。

「根拠ならあるとも。バルバラと一緒に暮らせてるんだから、ルイは竜の巣でも生きていけるに違いないよ。私が保証しよう」

「シンアル、あんただって竜の巣で生きていけるだろうよ。あたしが今から連れていって放り込んでやるから、自分の体で証明するが良いさ」

「いや、バルバラ、今のはちょっとした言葉の綾《あや》というか、あ、お茶、お茶がこぼれるから！」

じゃれ始めたふたりは放っておくとして。確かにこの家で三か月過ごして、家事はひと段落ついたところだ。それでも洗い物やバルバラの身の回りの世話など日々発生する家事があるし、週に一度くらいは掃除や片付けをやっておきたい。

ただ、食堂の手伝いにも魅力を感じる。例えば料理だ。この家にはない調理器具を使って料理をさせてもらえるなら、むしろこちらからお願いしたいほどである。だとしてもバルバラに対して不義理はしたくない気持ちの方が大きいのだが。

「ルイ、行っておやり」

「え？」

「クヌとコナは昔、少し面倒を見てやったことがあるんだ。店がつぶれたりなんかして、これ以上迷惑かけられるなんざ、たまったもんじゃないよ。あんたが行って、適当に助けておやり」

バルバラ、お前、ツンデレする時は髭が震えるんだな。しゃべるだけでも動くけど、少し特徴的にピクッてするのに今気づいた。教えてあげないけど。

「ん、分かった。できるだけやってみる、けど、この家のことはどうするんだ？」

「あんたが来るまでひとりでやってたんだ。いなくたって何の問題もないよ」

「ちゃんと片付けられるか？　たまには掃除もしろよ。魚以外もちゃんと食べろ？　生水は飲むんじゃないぞ？　茶は俺が淹れたやつを瓶に溜めておくから。あとは……」

「アンタ、あたしをなんだと思ってるんだい？」

「家事できない猫婆ちゃん」

「よし、あんたもシンアルと一緒に竜の巣に放り込んでやるから、そこを動くんじゃないよ」

おいバルバラ、その手に持ってるのは、お前が絶対に触るなって言ってた薬瓶じゃないか。それを何に使うつもりだ。

「あぁ、バルバラ、ルイ、心配いらないよ。食堂の手伝いは通いで大丈夫だ。もちろん週休二日で、家の用事がある時は休んで構わないそうだよ」

それならウチの家事とも両立できそうだな。さっきは気難しいって言われてたけど、悪い人じゃなさそうだ。

「ちっ。こうるさいのがいなくなると思ったのに」

残念そうなバルバラのために、食堂の手伝いに行く前に工房の大掃除をしといてやろう。


手伝い初日。ヌルには買い物で何度か行ってるので、道のりも慣れたものだ。いつものように入門の列に並び、順番が来たところで身分証を出す。

「やぁ、ルイじゃないか。久しぶりだな」

「ベルンハルト、今日は門番か」

初めてこの街に来た時に対応してくれたベルンハルトは部隊長だが、現場の様子も知っておきたいとたまに門番をやってるらしい。ここ数回街に来た時には門に立っていなかったので、会うのは久しぶりだ。

「今日からしばらくの間、どんぐり亭って食堂の手伝いをすることになったんだ。まだ使ってもらえるか分からないけどな」

「お、クヌの店か。なら今度冷やかしにいくとしよう」

「あぁ、楽しみに待ってるよ」

手を振って、別れる。ベルンハルトが来る時まで働いていられるように頑張んなきゃな。

「ルイ、今日は買っていかないのかい」

「おばちゃん悪いな、今日は買い出しじゃないんだ。これから街にしばらく通うことになるかもしれないから、また寄るよ」

「おや、仕事かい？　それならまたおいで」

大通りには顔なじみの店も増えた。気さくな人が多いから、歩いているだけで声をかけてくれる。少しは受け入れてもらえてるようで嬉しくなるし、この街のことは結構気に入っている。

シンアルが教えてくれたのだが、ヌルは転生者にとって〝始まりの街〟らしい。みんなこの街の教会に転生してきて、ここから冒険を始めたようだ。しかしその後、新たな転生者も現れないため、今は落ち着いているとのこと。果たして俺が冒険者になれるのはいつのことやら。

考えごとをしながら歩いていたら、教えてもらった食堂に着いたようだ。どんぐりの絵が描かれた看板が下がっているからここで間違いないだろう。

店内は清潔感があり、クロスや飾られた花からお店の人の気遣いが感じられた。厨房《ちゅうぼう》から漂ってくるのか、暖かく柔らかなスープのような良い香りがしてきて食欲をそそる。まだ早い時間だからか客はまばらだが、人気がありそうなお店だ。

「いらっしゃいませ。空いてるお席へどうぞ」

小さな熊獣人の女の子が声をかけてきた。この娘がアラカかな？

「すみません。客ではなく、シンアルの紹介で手伝いにきました。ルイと言います」

「あなたがルイ？　お話は聞いています。ちょっと待っててね。お父さーん、ルイさん来たよー」

女の子が厨房に声をかけると、それまで厨房から聞こえていた調理音が止み、食堂と厨房をつなぐ入口に大きな影がヌッと現れた。

「お前がルイか」

「あっ、はい」

デカいな。アラカの外見でクヌも熊だとは思ったけどさ。目元に傷のある大きめの熊獣人だとか、料理人というよりは傭兵《ようへい》っぽい見た目だとか、そういうことは先に教えておいてくれよ。むしろあいつら、わざと教えなかったな？

「クヌ、この子がびっくりしてるじゃないの。そんな目で見ちゃだめよ」

と、その後ろからクヌよりもひと回り小さい熊獣人が出てきて、クヌの横に並んだ。こちらがコナだろう。

「コナ。俺はいつもこんな目だ」

「うそ。こんな子どもで大丈夫かって顔をしてたじゃない」

「む」

「ルイ君といったわね。ごめんなさいね。シンアルの紹介だし、何よりバルバラさまのお世話をされてる子だって聞いてたのよ。だから大丈夫だって。クヌも分かってたつもりなんだけど、でも、いざ目の前にしたらびっくりしちゃったのよ。もちろん私もね」

コナさんも熊の獣人だが、こちらはおっとりした感じだ。ほんの少しお腹が大きくなった、いかにもお母さんといった感じ。とても優しそうだ。

「いえ、不安に思われるのも仕方ないと思います。精一杯頑張りますから、だめなところは遠慮なく教えてください」

「あらあら。しっかりしてるのね。クヌ、良かったじゃない。きっと働き者よ？」

「あぁ。ルイ、厨房でも見ててくれ。仕込みが終わったら、仕事を教える」

クヌはそう言うと、のっそりと厨房に戻っていった。

「あの人、少し言葉足らずだけど、悪い人じゃないのよ」

「えぇ、大丈夫です。早速見させてもらいますね。ありがとうございました。アラカさんも」

「あたしのことはアラカで良いよ。よろしくね」

「俺もルイで良い。こちらこそよろしく」

早速お言葉に甘えて、厨房を見せてもらう。クヌの体が大きいので、厨房も大きめだ。今は野菜の皮をむきながら、次々と鍋に放り込んでいる。あの巨体からは想像もできないくらい速く、丁寧な作業だ。

この世界の獣人は、人と獣の特徴に個人差がある。血の濃さの比率とでもいおうか、体毛が濃くて獣成分多めの人もいれば、体毛が薄くて人間に近い見た目の人もいる。

クヌはかなり熊成分が多めで、胴回りが大きく手足は短めだ。その見た目から動きが遅いように思われるが、機敏な動作とパワフルな動きで厨房を支配している。

「……あまり見られると、やり辛い」

「あ、ごめんなさい」

でも今は見るのが仕事だから、厨房内の道具類の場所を確認するふりをしながらクヌの動きをチラチラ見ることにする。

「手が空いたから、仕事を教える。まずはどれくらいできるか確認させてくれ」

そう言って、さっきクヌが皮をむいていた野菜のうち、まだ下処理が済んでいないものと包丁を渡される。クヌ用で少し大きめだが、使えないことはなさそうだ。元の俺自身は自炊してたとはいえ、ただの素人。本格的な料理はもちろんできなかった。

けれど今の俺は野菜の〝洗い〟、〝皮むき〟、〝芯を取る〟、〝切る〟それぞれの技術と知識が身についている。この世界で初めて扱う野菜も多いけど、そこはこの体が教えてくれる。

「どうかな。基本的なところは大丈夫だと思うんだけど」

「む。十分だ」

こんなに小さいのに、とつぶやきながら合格を出してくれた。その後、この店で出している基本のメニューと下ごしらえについて教わった。仕入れによってその日のメニューは変わるが、パンや卵、安定的に仕入れている芋を使った料理は毎日作っているらしい。

肉や魚などが短期間に大量に冒険者ギルドに納品された時は仕入れ値が大きく下がるので、それを料理して提供することもあるんだとか。ある時期は羊肉が大量に流通したが、料理方法を工夫するのに苦労したそうだ。

その他、客の注文が入ってからの流れをひと通り教えてもらった。

「大体こんなところだ。明日から来てくれると助かる。朝から夕方まで。夕方までに仕込みを終えてくれれば、夜は俺だけで大丈夫だ」

「ありがとう。じゃあ明日から、よろしくお願いします」

「あぁ。こちらこそ、よろしく頼む」

握手して、今日のところはひとまず終了。コナとアラカにも挨拶して食堂を出た。長く続けるなら自分用の調理器具とか準備しないと駄目かな、今すぐじゃなくて良いか。働きぶりを見て給料を払うって言ってくれてたし、貯まってから買おうかな。家でも使うだろうし。そんなことを考えながら帰宅した。

◆◆◆

一か月ほど働いてみて分かったが、この店は常連客が多かった。大通りに面していないため地元民の利用がメインということもあるが、看板がどんぐりの絵だけなので、初めて見る人は食堂だと思わないのかもしれない。分かりやすいように変えたら？　とクヌに提案してみたのだが、席も多くないからこのままで良い、とのこと。確かにほぼ席は常連で埋まっているけど。

手伝いを始めてしばらくしたら料理も少しずつ任されるようになり、すぐに昼の混雑時の定番メニューも任せてもらえるようになった。

ホロリ鳥はこの辺りではよく食べられていて、この店ではオーブンで焼いてからハーブと一緒に煮込んでいる。香ばしくてワインにとても合うらしい。俺は飲ませてもらえないけど。

どんぐり芋は形がどんぐり、中身は芋だが、味はというと栗のように甘い。炒めた玉ねぎと一緒に粗くつぶした芋を温かいスープにしており、硬めのパンによく合う。この店の看板メニューで、甘くて優しい味からアラカのお気に入りだったりする。このふたつをセットで頼むのがベルンハルトたち常連のお約束だ。いつも同じもので飽きないのか聞いたのだが、美味いものは何度でも食べたくなるんだとか。その気持ちは分かるような、分からないような。

働き始めてすぐの頃には、ウルガーと名乗る虎獣人のお客さんも来ていた。果物屋で絡んできたチワワ獣人が所属する、タイガーファングの親分さんなんだとか。チワワ獣人の件を、わざわざ俺に謝りに来てくれたようだ。ベルンハルトやクヌとも知り合いだったみたいだけど、威圧《いあつ》的な見た目の割には悪い人じゃなさそうな印象だった。

◆◆◆

そんなこんなで半年ほどが慌ただしく過ぎていった。

コナの出産が近づくにつれてウロウロと落ち着かなくなってしまったクヌに帰るよう説得して、最近はアラカとふたりで店を回す日々を過ごしている。

「今日も寒いな」

街は今、クリスマス一色だ。エリエルの説明にもあったが、女神さまはこの世界をゲームっぽく創造した。オンラインゲームなどにおいてよくあるのが、季節感のある各種イベントだ。春には春の、夏には夏の、それぞれの時期に応じたイベントクエストやガチャが用意され、期間限定の桜模様のアイテムや水着衣装などを獲得すべく奔走《ほんそう》することになる。

この期間はフィールドに花吹雪が舞ったり、いつも見慣れたグラフィックが雪景色に変わったりして、イベント気分をますます高揚《こうよう》させてくれたものだ。

今、ヌルの街も雪化粧が施《ほどこ》され、街の広場にはクリスマスツリーが設置されている。赤と緑の飾り付けって、なんでこんなに楽しい気分になるんだろうな。この時期限定のクエストがヌルでも発生しているのか、普段は見かけない転生者の姿もよく見かけるようになった。

「デイリーのタルキー納品イベントやった？」

「まだだけど、去年頑張って納品したから、報酬が同じなら今年は良いかなって」

「今年のクエスト報酬は可愛い感じのミニスカサンタ衣装セットらしいよ？」

「……ちょっとタルキー殲滅《せんめつ》してくる」

「あ、待って。私もまだだから一緒にいくよ」

きゃっきゃ言いながらすれ違うお姉さんたちの会話が聞こえる。良いなぁ楽しそうで。俺もいつかは冒険者になれるのだろうか。いつか俺も、とか早く追いつきたい、とかいう以前に、未《いま》だにスタートラインに立てる見込みさえないけど。

十五歳まで冒険者になれない時点でどうしようもないから、今は今の生活を楽しみながら、お金を貯めるとかできることをやるしかないか。そんなことを考えながらどんぐり亭にたどり着くと、アラカが店の前に立っていた。

「ルイ、生まれそうっ！　私も行ってくるから、お店お願い！」

俺の姿を見るやいなやそう言って走り去った。

「おう、あー、気を付けて……な」

もう聞こえてないだろうけど、一応アラカの背中に声をかけて、店に入る。臨時休業とか書いてある看板、あったかな？

無事に男の子が生まれたと聞いたのは、その日の夕方だった。日中は何故か俺まで落ち着かなかったので、大量に仕入れていたタルキーを使ってお祝いのパーティー料理を作ってみた。ロースト、煮込み、唐揚げなど色々アレンジして大皿に盛り付けて、適当な布で飾ったテーブルに並べた。

昼食目当てで訪れて、臨時休業中の店内で準備を進める俺の様子から今日生まれそうだと知った常連や、夕方に生まれたと知らされた近所の住民が徐々に集まり、その日の夜は盛大にお祝いをした。ほぼ主役不在でのただの飲み会になったけど。少しだけ顔を出してくれたクヌとアラカが本当に嬉しそうだったので良しとしよう。

生まれた男の子はシラカと名づけられた。ぬいぐるみの様に可愛いが、この子も大きくなったらクヌみたいになるんだろうか。コナは産後しばらく休んだが、シラカも少しだけ大きくなり、背負いながら仕事ができるくらいにはなったので食堂に復帰した。一年近く続いたお手伝いも、そろそろ終わりを迎えることになりそうだ。

「ルイのおかげで助かったわ。本当に。ありがとうね。快《こころよ》く送り出してくださったバルバラさまにも感謝しなきゃ」

シラカの誕生とコナの復帰からしばらく経った、お手伝い最終日。クヌ一家が四人でお見送りしてくれた。

「ルイ、これ、お父さんとお母さんから。あとこっちは私から」

「これは……凄い！　こんなナイフ良いのか⁉　あとこれは、エプロン？　これも使いやすそうだ。ありがとう、大切に使わせてもらうよ」

ナイフはクヌが使っているのに似ている。年季が入っているが作りがしっかりしていて、肉厚な刃なのに恐ろしく切れそうだ。エプロンはシンプルなデザインで、かなり丈夫そう。

「以前、ルイが冒険者になりたいと言っていた。俺のお下がりで済まないが、この街ではそれ以上の物が手に入らなかった。ナイフは料理以外にも何かと便利だろう」

「エプロンはアラカが作ったの。少し不細工だけどちゃんとお店の人に聞きながら作ったから。

お手伝いは終わりだけど、たまには遊びに来てね。もちろんお客さんとしてでも良いのよ？」

「うん、街に来たら顔を出すようにするよ。シラカも、またな」

手を振って、コナの背中で眠るシラカにも小さく声をかけ、家路《いえじ》についた。


帰宅したら居間にバルバラがいた。この時間に工房じゃなくてこっちにいるということは、心配して待っていてくれたんだと思う。

「なんだい、早かったね……随分と物騒《ぶっそう》なナイフじゃないか。盗んできたのかい」

「誰が盗むか！　お手伝いのお礼にってくれたんだよ。エプロンもな」

目を細めてナイフをじっと見つめたのち、バルバラは少し口角を上げて、ここにはいないクヌをからかうように言った。

「そのナイフはクヌが冒険者時代に使ってたやつだね。あいつも随分あんたを気に入ったようだ」

「え？　クヌって冒険者だったのか？　傭兵とか用心棒とかじゃなくて？」

「あんたも失礼だね、言いたいことは分かるが。それで、そんなもんもらってきて、あんた冒険者でも目指すつもりかい？」

「あぁ……目指すっていうかな。そろそろ話しておいたほうが良いと思うんだが」

もう一年も経つし良い機会だと思ったので、自分が転生者であること、手違いで腕輪をもらえなかったこと、シンアルに出会ってバルバラの元へ預けられたことを話した。バルバラは少しだけ驚いた様子だったが、黙って聞いてくれた。

「なるほど、転生者だったとはね。妙な人間だとは思ったんだよ。時々わけの分からないことを言うし、家事マニアの変人だし」

「家事マニアは認めるがそれは家事妖精が混じってるからだ。あと変人じゃない。……俺の話、信じるのか？」

「あたしに嘘ついたって何の得にもならないだろうよ。それに、あんたが嘘をついたってすぐ分かるさね。あたしが何年生きてると思ってるんだい？」

　バルバラの嘘も分かりやすいけどな。言わないけど。

「で、転生者はみんな冒険者になるから、あんたも冒険者になるのかい？」

「転生者だから、ってわけじゃないんだけどな。多少手違いはあったけど、せっかく女神さまがこの世界に送り出してくれたんだし、世の中を見て回りたいっていう気持ちはある。この世界を巡り巡って、色んなものに吃驚《びっくり》したい。きっと楽しいと思うんだよ。世話になってるバルバラを放っておいて冒険者になるってのは恩知らずだと思うけど……」

　経緯《けいい》はどうあれ、バルバラの世話をするのと引き換えに面倒を見てもらうことになった。途中で放り出して勝手に出ていくのは、人としても家事妖精としても道理《どうり》に反するだろう。

「けっ！　子どもが生意気《なまいき》を言うんじゃないよ。じゃああんた一生この婆の面倒を見て暮らすのかい？　そんなのこっちが願い下げさね。そんなことより、冒険者になろうにもあんた、歳が足りないだろ」

「そうなんだ。十三歳だから、どの道あと二年はお預けだよ。まぁどんぐり亭の手伝いも終わったから、しばらくはのんびり家事でもして過ごすさ」

「かーっ！　馬鹿言ってんじゃないよ！　冒険者になろうってのに、あと二年しかないんだよ？　あんたみたいなひよっこが、何の準備もせずにそのまんま冒険者になれるわけないじゃないか！」

……火が付いたように怒られた。冒険者がいかに危険か、どのような技術も一朝一夕《いっちょういっせき》では身につかないことなど、小一時間説教をくらった。普段とは少し違う表情を見せるバルバラに反論できるわけもなく、大人しく聞いていると、最後にこう言った。

「仕方ない。明日からあたしがみっちり鍛《きた》えてやるから、そのつもりでいな」

「え？　バルバラが？　なんで？」

「このまま放っておいて二年経って、その辺で野垂《のた》れ死にされちゃあ目覚めが悪いだろうよ。枕元に立たれた日にゃあ、いちいち杖で追い払うのも面倒じゃないか」

あ、そういう幽霊的な観念《かんねん》ってこっちにもあるのね。ていうか追い払うなよ。

「午前中に錬金術、午後は杖術《じゅうじゅつ》を仕込んでやる。天気の良い日は森歩きや採取、冒険に必要な基礎知識なんかもだ。手伝いが終わったんだから時間はあるだろ。家事はその合間にやりな」

「杖術？　冒険者と言えば剣とかじゃないのか」

「あんた、あたしが剣を使ってるの見たことあるかい？」

「……ないな」

「そうだろう？　あたしが剣なんか使ってたら、あんたの頭はもう細切れになってるさ」

「人に向けるなよ、人に。言っとくが杖でも相当なダメージ入ってるからな？」

「いちいちうるさいよ。とにかく予定は決まったんだ、ぐちぐち言ってないで覚悟しな」

そうして冒険者になれるまでの二年間、訓練漬けの毎日が始まった。

第二章　錬金術と杖術

錬金術は複数の素材から新たなアイテムを生み出す技術だ。おおまかに手元の道具だけでできる〝簡易錬金〟と、工房の設備を使用する一般的な錬金術に分かれる。

「簡易錬金は主に二種類の素材を使用する。素材の質によってできあがりにも差が出るんだ。質ってのは素材そのものの良《よ》し悪《あ》しもあるが、傷の有無、根の処理、乾き具合、その他色んなことに影響される。影響ってのは良い影響もあれば悪い影響もある。何を作る時にどの素材で、その素材はどんな状態のものが良いのかしっかり覚えておくんだ。これは簡易錬金だけじゃない、全ての錬金術の基本だよ」

「工房での錬金は三種以上の素材を使うことが多い。いっぺんに混ぜることもあれば、段階をふむこともある。ひとつ目とふたつ目を反応させた時の色、匂い、音、煙の色によって、そいつを次に三つ目の素材と反応させた時の結果が違ってくる。この関係は経験値を稼ぐしかないから、身体で覚えな」

説明長い。覚えられない。

「イィッヒッヒッヒ……」

あと、混ぜる時の声が気になる。絶対悪役の方の魔女だ。しかも、この声を出した時は高確率で最高品質の成果物ができあがる。

「その声、要るのか」

「要るね。雰囲気は重要だよ」

断言しやがった。どうにも信じられないが、実際に目の前で違いが出ているので素直に教えられた通りにするしかない。

「〝ウィィ〟ッヒッヒ……」

「違う！　イだ、イ！　イィッヒッヒッヒ……」

「イィッヒッ……」

「高い！　ノドの奥から声を出しな！」

「なんで発声練習の方が厳しいんだよ！」

錬金術の訓練のはずなのに、のどと頭を痛めた。


「杖は主に魔法使いや回復役《ヒーラー》が使うもんだが、護身術にも使うもんだ。熟達すれば熊だって一撃で倒せる」

錬金術に続いて杖術の講義を始めたバルバラが、手に持った杖を軽く振りながらそう話す。

「俺にとって熊と言えばクヌだし、クヌがバルバラに一撃で倒されるのを想像してしまうから、熊の例えは止めといてくれるか」

「じゃあ竜でも一撃だ」

「マジで⁉」

「なんだっていいんだよ。言っとくが、アンタみたいな若造には百年早い話だからね。要はそれだけの威力を出せるってことさ。硬さ、重さ、速さ、打点に属性も合わせて使いこなせば、デカいハンマーで殴るのとたいして変わりゃしないよ」

「ハンマァァァー⁉」

「ツシャー⁉　びっくりするじゃないか！　なんだいそんな大声あげて」

ハンマー。それはロマン武器である。古来よりファンタジー世界を舞台にするゲームや物語において、〝おおかなづち〟、〝ウォーハンマー〟など様々な名称で登場してきた。しかし、アクションを伴うゲームではモーションの遅さ、そこからくる手数の少なさ、ゴツさ、地味さから、今ひとつ人気が出なかったりする。

だがしかし、だがしかしだ。一撃のダメージ量、シンプルな操作性、何よりガツんとクリーンヒットした時の手ごたえは他の武器では味わえない魅力がある。

何よりもロマンだ。巨大なハンマーをぶんぶん振り回して敵と戦うのは、筋力とか重力とか慣性《かんせい》とか、そんなものを世界のかなたにホームランしてしまう〝ありえなさ〟があるのだ。

この魅力に取り憑《つ》かれた俺は、ハンマーが選択できるゲームではほぼ一択でハンマーを選んでいた。

「あんた、今までで一番危ない目をしてるが、人様《ひとさま》に迷惑をかけるようなことがあればただじゃおかないからね」

「あ、あぁ、大丈夫だ。俺のハンマーは悪に対してしか振るわれない」

PK《プレイヤーキラー》（他のプレイヤーを攻撃する行為を楽しむプレイヤー）などもってのほかだ。

「微妙にかみ合ってないんだろうが、今は杖術の訓練の時間だよ。とりあえず基本の型を覚えな。その後、人、動物、魔物、武器やら物やらについて、どこを殴るのか、どこを突くのか、相手の攻撃をどう捌くのかを教えてやるよ」

◆◆◆

「脇が甘い！」

「肘《ひじ》が上がってる！」

「なんだいそのへっぴり腰は！　ダンゴムシの方がまだマシだよ！」

「ダンゴムシの腰ってどこだよ！」

文句は言うものの、バルバラの杖捌きは流石だ。手元の杖がブレたと思った瞬間に世界が揺れる。今まで杖術として真面目に見てなかったけど、武器の扱いとして見ると凄いということがよく分かる。問題は、いちいち叩かれる俺の頭がどこまでもつかということだ。

「ほい、回復《ヒール》」

「お、おぉ⁉」

じんじんと疼《うず》いていた頭の痛みが嘘のようになくなる。回復魔法というやつか？

「杖は魔法使いや回復役《ヒーラー》のメイン武器だ。習熟《しゅうじゅく》すれば術の威力が上がり、新たな術を覚えることができるのさ」

「ちょっと待て。むしろ杖ってそれがメインじゃないのか？　近接戦闘じゃなくて、魔法を使って熟練度を上げるというか」

「どっちだっていいんだよ、そんなことは。死にたくなけりゃ、両方覚えな！」

「だから、同じとこを叩くな！　せめて少しずらして叩けよ！」

俺の頭の平和のためにも、とりあえず防御重視で杖の扱いを身に付けることにしよう。


「ふっ、はっ、ふん！」

「ふん。少しはやるようになったね、だが……まだ甘い！」

「ぬうぉ⁉」

右から、左から、上から襲い掛かるバルバラの杖を自分の杖で捌ききった直後に、下からのすくい上げが目の前を通り過ぎる。

「へへっ、危ねぇ危ねっ……うぐっ⁉」

「油断大敵、連撃《れんげき》を切り抜けて気を抜いた瞬間が危ないんだよ」

すくい上げた杖の頭が通り過ぎたと思ったら、杖の先での突きが鳩尾《みぞおち》に突き刺さった。

「くぅう、あんなの反則だろ。どうやって避ければいいんだよ」

「気合いだよ！」

「ぐあっ！　気合いで避けれるかっ。少しは休ませろ！　この魔女ばばぁ！」

「ばばぁじゃない、あたしゃバルバラだよ！」

しゃべりながらでも恐ろしい速さの打撃、突き、薙《な》ぎ払いと、攻撃を繰り出してくる。

「ちょ、速い、速いぃうぁあぁぐっ！」

「ほーれほれ、どこ見てんだい！」

「どこって、速過ぎて見えないんだって！」

杖の頭、先、柄《え》の部分が次々と襲い掛かってきて、とてもじゃないが目で追えない。

「一部を見るんじゃない、全部を見るんだよ！」

「くっ！　このっ！」

アドバイスにしたがってバルバラの杖だけではなく手、踏み込み、全体像を視界に入れてみると、少しだけ動きが見えるようになった。

「そうさ、できるじゃないか。けど目だけに頼るんじゃないよ。気配、風の流れ、全部を感じるんだ」

「感じろって言われても、どうやってっ」

「ヒゲで分かるだろ！」

「俺にはヒゲはないっての！」

「ないなら生やしなっ」

「急に生やせるかっ！」

無茶を言うバルバラの攻撃を何度かは受けて、避けて、しのいだが、

「うぐぅあ痛ぁあぁぁ、ぅおぉおぉぉ！」

見えない角度からの振り下ろしを頭にくらい、ゴロゴロと転げまわる。

「全部避けれるようにならなけりゃあ、次は教えてやらないよ。ルイ、休憩だ。茶を入れな」

「この鬼ババめぇ」

「ヒールは要らないようだね」

「茶だな、今すぐ美味いのを淹れてやるから覚悟しろ」

涙目になりながら立ち上がり、そう言うと、バルバラはため息をつきながら回復してくれた。

◆◆◆

「今日は河原へ行くから、そのつもりでいな」

「釣りか？」

「馬鹿言ってんじゃない、杖術の訓練だよ」

訓練を始めて一年ほど経った頃、バルバラが河原へ行くと言い出した。訓練をするのに何故

河原へ行く必要があるのか理由は分からなかったが、とりあえず弁当と……釣り竿も持っていっとくか。

「あんた、その荷物はなんだい？」

「いや、せっかくだから。バルバラと釣りも長いこと行ってないだろ？」

「遊びに行くんじゃあ……まあいい。時間もあるだろうよ」

ほどなく、いつも洗濯している小川に行きあたるが、

「今日はもう少し上流へいくよ」

バルバラはそう言って、川沿いに上流へと歩いていく。

冬の終わり、けれど春はまだ遠いといった季節なので、森の空気と川の空気が入り混じって鼻を抜けていくのが冷たい。歩き進むにつれて川辺の風景は、大きめの石が転がっていたのが徐々に岩と呼べるくらいの大きさになっていった。

「そろそろ良いかね」

バルバラがそう言って立ち止まった場所には、クヌを少し大きくしたくらいのサイズの岩が川の流れにドンと寄り添っていた。周囲には同じくらいの岩や、それよりも小さめの物など、大小様々な岩が散らばっている。

「あんたも受けたり避けたりは多少できるようになったし、型もそれなりの見栄えにはなった。今日から攻撃の訓練を始めるよ」

この一年、防御が疎《おろそ》かになるという理由で一切攻撃は教えてもらえなかった。やっと始まるという思いと、今まで許されなかったことが許されるという不安が入り混じった、不思議な感覚に襲われて少し震えた。

「杖術で重要なのは相手のどこを攻撃するか、その見極《みきわ》めだ。剣なんかの斬撃《ざんげき》を与える武器は線で攻撃できる。だが杖の攻撃は打撃も刺突《しとつ》も点だからね。槍や矢も点の武器だが、あれらは突き刺して傷を与えることができる。だが杖は違うんだ。傷を与えない攻撃と言えばハ……」

「ハンマーだな！」

やや食い気味にかぶせてしまったが、ハンマーと杖には共通点が多い。杖の先をデカくしたらハンマーっぽいしな。もう杖もハンマーにカウントしていいかもしれない。

「……まぁそうだ。あれは点というより面だがね。大型モンスター相手なら点みたいなもんだから共通点もあるが、それは置いておこう。さて、生き物であれば共通の弱点ってもんがある。どこか分かるかい？」

「目とかの急所か？」

「あぁ。だがもう少し狙いやすいところがあるねぇ。例えばここさ」

「んっ！　……え!?」

バルバラが杖で無造作に俺の肩を突く。と、コキッと音がして左腕が垂れ下がった。

「腕が、抜けた？」

「そうさ。例えば関節だ。正確な知識と精密な打撃や刺突があれば、大した力がなくても相手を無力化することができるんだよ」

「それは分かったから、とりあえず治してくれ……っていだだだ引っ張んなって！」

バルバラが俺の腕を雑に引っ張り、肩をはめた。そんな動きなのに一度で正確に肩をはめる技術もちょっとおかしいが。何ごともなかったかのように話を続ける。

「引っ張んなきゃ入らないだろ。さて、これからやるのは正確な打撃、刺突の訓練だ。それができなきゃ、いくら相手の弱点を知ってても意味がないからね。この辺りの石を突いたり叩いたりして回りな。ある程度正確な攻撃ができるようになったら、今度はあたしが投げる石を正確に攻撃する。それもできるようになったら、岩も砕けるようになるよ」

「岩を？　杖で？　冗談言うなよ。ハンマーじゃあるまいし、杖で岩が砕けるんなら、俺の頭はとっくの昔に粉末状になってるだろ」

そう言って笑う俺の前を黙って横切って、バルバラがちょっと離れた場所にあった一抱《ひとかか》えはある岩に杖を振り下ろした。

コンッ
……ビシッ……ゴトッ
「……エ？」

全く力を入れていないような振り下ろしの一撃で、岩にヒビが入り、ふたつに割れた。目の

前で起きたことなのに、信じられない。というか、

「バルバラ！　お前こんな攻撃力の杖で俺の頭をコンコンしてたのか！」

「杖の攻撃力じゃないよ。岩の弱点を見極めて、そこを正確に叩いたんだ。技術といった方がいいだろうね。あんたが何の心配をしてるのか分からないけど、それ以上頭が悪くなることはないから、心配をするんじゃないよ」

「生暖かい笑顔で優しそうな声を出すな」

滅多に見ないほどの優しい笑顔だが、言ってる内容が最悪だ。

「さ、分かっただろ。おしゃべりはここまでだ。さっさと始めな」

ちょっと到達できる自信はないが、目標としては十分高いものを見せてもらえた。少しでも近づけるように頑張ってみよう。打撃、突きの基本と訓練方法を教えられて河原の石を突き始めた俺の横で、大きな岩に座りこんだバルバラが釣りを始めた。

結局やるんじゃないか、釣り。後で俺も合流しよう。

◆◆◆

「さ、錬金術もそろそろ一区切りって段階だ。今日はこれまでに教えたことを思い出して、〝HPエクスポーション〟を作って見せな」

バルバラはそう言って、作成に必要なレシピを渡してきた。

HPエクスポーションは最上級の体力回復薬で、瀕死《ひんし》の重傷でもこれ一本、という凄まじい

効果がある。ただし素材の貴重さ、工程の複雑さから作成難易度も高く、当然お値段はお察しくださいというところ。まあ駆け出し冒険者は初級ポーションでも十分回復できるし、資金も危険度もふんだんにある上級冒険者向けといったお薬である。

「工程は五段階、陽光草《ようこうそう》と紫光虫《しこうちゅう》の羽を混合して、できあがった粉末を増強剤《ぞうきょう》で……」

貴重な素材を使うって聞いてたけど、割と使ったことがあるものばかりだな。工程が多いだけのようにも思える。

「しかし、あんたにこれほどの才能があったとはね。たった二年でエクスポーションまで到達するとは思いもしなかったよ」

「まぁ、錬金術の作業は料理に近いところがあるしな」

調味料や食材の分量を正確に、加熱や混合などの作業時間を正確に。料理は化学に例えられることもあるが、錬金術にも通じるところがあると思う。

「で、これを、錬金窯に入れて」

最後の工程に入ったら、何故かバルバラが工房を出て行った。いつも錬金術の訓練の時はつきっきりで付き添ってくれて、決して目を離さないのに。珍しいこともあるもんだ。

あれかな、もう一人前だから大丈夫とか。それとも、もう卒業だとかでサプライズプレゼントでも用意してくれてるとか？　ふふふ、これはしっかりと高品質なのを完成させて驚かせてやらなければなるま……い？

「あれ？　レシピでは最後の反応は薄い紫色の煙がたなびき立ち、ってあるのに」

どう見ても薄くない、というか、かなり濃い紫の煙が錬金窯から立ち上る。煙はみるみる内にその量を増していったかと思うと、
カッ！

ドーン‼

まばゆい閃光《せんこう》と共に、大爆発を起こした！

「うおぉぉぉぉお！」

爆発の衝撃で軽く後方にふっとばされて後頭部を強打した俺に、ドロッとした粘着《ねんちゃく》質な物体が降りかかる。

「くっ。あー痛ってて。失敗か？　レシピ通りにできたはずなんだけどな」

「おやおや、成功かい。一発で、とはね」

バルバラが再び工房に入ってくる。

「バルバラ、ごめん。工房を汚してしまっ……成功？」

「あぁ、そうだよ。紫の煙、閃光と爆発、成果物の虹色ゼリー。間違いなく、成功だね」

「え？　俺、ＨＰエクスポーションを作ってたはずじゃ……」

「そのレシピは〝練習用〟だよ。誰が失敗するかもしれないひよっこに、貴重な素材を使わせるもんかい。お前の卒業試験用に、あたしが調整したものさ。驚いたかい？　ク、ククッ、虹

色ゼリーまみれになって、ククク、その顔、ニャーッハッハ‼」

「バルバラ……貴様……お前もゼリーまみれにしてやる！」

それから小一時間ほどバルバラとゼリーを投げ合ったあと、疲れた体をひきずって、紫色の下地に虹色のゼリーでペイントされた工房の掃除をした。

……当然、嫌がるバルバラにも、しぶしぶ手伝わせた。

◆◆◆

基礎で一年、攻撃を教えてもらえるようになって一年。バルバラの訓練を受け始めてから、もうすぐ二年が経とうとしている。

「さぁ、錬金術は一区切り終えたんだ。杖術もここいらで仕上げといこうか」

いつもの河原で訓練を始めようとした俺に、バルバラがそう言った。もうすぐ冒険者登録ができる十五歳を迎えるが、何とか間に合ったようだ。いやいや油断は禁物。安心するのはちゃんと仕上げを終えてからだな。

「今日は魔法についてだ」

「ぇ？」

杖術の訓練を受けるつもりで河原に来たので、魔法と言われて呆気にとられた。ここに来るまでに、いやさっきもバルバラは杖術って言ってたはずだ。

「なんだい、いつも通りの変な顔して」

「いや、杖術の仕上げだろ？　これまで二連突きとか、回転撃とか、最大威力で地面を打ち据えるグランドインパクトとか教えてもらってきたんだ。当然、仕上げも巨大な岩を割るとか、バルバラに一撃でも与えるとか、それ系じゃないかって想像してたんだけど」

俺がそう言うと、バルバラはため息をついた。

「ルイでも分かるように改めて教えてやるが、杖の熟練度が上がれば職業に応じて新しい魔法を覚えることができる。あんたの杖の熟練度は相当なもんさ。もう、それなりの魔法が使えるだろうよ」

「あ、あぁ。それは分かったが職業に応じて、だろ？　職業が家事手伝いじゃあ魔法は覚えられないんじゃないか？」

「そこは裏技というやつさ。条件次第で、魔法を他人に教えてやることができるんだよ」

そう言うと、バルバラは俺の肩に杖を軽く振り下ろした。

「ヒール。どうだい、杖から直接魔力の流れを感じるだろう」

確かに、肩に触れた杖の頭から、不思議な力が流れ出して体中を巡っていくのが分かる。同時に、ヒールの使い方が頭に刻み込まれたようだ。

「本来、魔法は適切な職業に就いて、杖の熟練度を上げて覚えるもんだ。剣とかのスキルも同じさ。戦士が剣を使い続けて熟練度を上げれば、段階に応じてスキルを覚えられる」

さすがファンタジーというか、魔法や武器のスキルを使う時は、使おうと思うだけで身体が自然と動いてくれるそうだ。

なおこの時、重力に逆らった動きや筋力量からはあり得ない動きでも、体内の魔力や自然界のマナがサポートしてくれるらしい。武器のスキルも使えるようになったら楽しいんだろうな……あれ？　回転撃？　グランドインパクト？　あれは……。

「一日で全部は無理だろうから何日かに分けて教えるよ。まずはヒールからやってみな」

おっといけない。今は魔法に集中しよう。この世界で初めての魔法の練習だし、ヒール以外にもどんな魔法があるのか楽しみだ。ワクワクしながら、新しい知識と技術の訓練を受けた。

◆◆◆

錬金術に続いて杖術の仕上げも無事に終わった、ある日のこと。俺とバルバラは——ふたり揃って説教されていた。

「バルバラ……心配なのは分かるけど、過保護過ぎるだろう」

呆れ顔のシンアルの言葉に、流石にちょっとやり過ぎたと思っているのか、バルバラの視線がさまよう。

「ふん。こいつは貧弱だから、冒険者なんか始めたらすぐに死んじまうだろうよ。せめて自分の身は自分で守れるくらいにしてやらなきゃ、他人様にも迷惑がかかるじゃないか」

「いや、だからといって。ハイヒールやプロテクションくらいならまだしも、エクストラヒールやレイズデッド、さらには女神の円環《ゴッデス・サークル》まで教えることはないだろう？　幸いレベルや最大M

Ｐ不足で発動はできないようだが」

そう。バルバラは様々な魔法を教えてくれた。女神の円環に至っては攻撃、魔法攻撃、防御、魔法防御からスピードまで、強力なバフ（能力値上昇）がかかるブッ壊れ性能である。

これから冒険者になろうという新米が覚えるとは思えないレベルの魔法だ。なんだかおかしいな、とは思ったのだ。……思ったのだが。身振り手振りを交えて偉そうに教えるバルバラと、彼女が魔法を使うたびに大げさに褒めたたえる俺、ふたりしてノリに乗って調子に乗った結果、こうしてシンアルの説教を受けることになったのである。

「私たちは女神さまに、〝幾多の試練を乗り越えしものに、新たな力を授けよ〟って言われているんだからね。まぁ無事に教えることができたということは、世界のルールからも逸脱していないいんだろうけど」

「そうだろうそうだろう。教えることができたってことは、そういうことさ。女神さまもきっと喜んでくれるだろうよ」

「いや俺もだけど、もう少し反省しような？」

シュンとしていたバルバラが急にニッコリ笑顔で開き直ったので、思わず真顔でツッコんでしまった。

「まぁ、教えてしまったものは仕方がない。ルイならその力を悪用することもないだろうからね。それよりも、今日の本題は別のことだ。頼まれていたこと、やっと少し分かったよ」

「ほう?」

「何? なんの話?」

「ルイ、君が転生者だということをバルバラから聞いたよ。初めて会った時に、腕輪を手に入れる方法について尋ねていたのは、それが理由だったんだね」

驚いて息を呑む俺。またもバルバラが視線をさまよわせる。勝手に話したことを気にしているようだ。

「うん。内緒にしていてすまなかった。バルバラも、いいよ。シンアルにはいずれ話そうと思ってたから」

俺の反応を心配していたのか、少し安心したかのようにバルバラが一息つく。

「流石に言いにくいことだったろうからね。私に相談できなかったのも分かるよ。バルバラが私に依頼したのは、〝地元民が転生者の腕輪を手に入れる方法〟を調べてくれってことなんだ」

「あぁ、なるほど」

それなら、バルバラが俺の事情を話さなければならなかった理由も分かる。シンアルは依頼を受けてから、随分と手間暇をかけて調べてくれたらしい。本当に頭が上がらない。

「転生者関連のことは我々地元民には中々分からないから、少し時間がかかってしまったよ。なんでも、基本的には新しく手に入ることはないらしい。ただ、かなり前にちょっと変わった緊急クエストが転生者に向けて配信されていてね、その報酬が腕輪らしいんだ」

転生者は腕輪を身に着けた状態でこの世界にやってくる。身体から外れないので失くすこともないし、ひとつあれば十分なのでふたつ目は不要だ。何故クエスト報酬が腕輪なのか、ふたつあると何かメリットがあるのか、はたまたレプリカで、アクセサリーとして身に着けて楽しむのか。クエストが配信された当時の転生者の間でかなり話題になったらしい。しかし。

「そのクエストは誰にも達成できなかった。だから今では転生者たちの間ではバグ？　というらしいんだけど、女神さまのうっかりミスじゃないかという結論に落ち着いている」

「うっかりミスって……」

神さまは間違えないというのが一般的な宗教観だと思うんだが。

「いやー、女神さまも間違えることくらいあるよ。慈愛《じあい》に溢れて、真面目で、でも、とてもお茶目な方だと信じられているからね」

随分親しみやすい女神さまらしい。シンアルいわく、お告げの表現が変だったり、突拍子《とっぴょうし》もないクエストを配信したりとなかなかのお茶目っぷりなのだが、地元民たちはそんな女神さまを敬愛しているようだ。宗教が原因でテロが起きたり戦争が起きたりしなさそうな、優しい世界なのは何よりだと思う。

「じゃあ俺が冒険者になったら、そのクエストに挑戦したらいいんだな」

「うん。これまで未達成だったクエストを達成するのはとても困難なことだと思うけど、今はこれしか手がかりがないからね。大丈夫、ルイならできるよ」

「ふん。気長にやればいいんだよ。腕輪なんてなくたって生きていけるんだからね」

ふたりの励ましが嬉しい。どんなクエストかも分からないけど、時間がかかっても何とか達成して、このふたりに報告したいと心から思った。

◆◆◆

「ルイ、今日は登録だけにしておきな。クエストを受けてくるんじゃないよ」

「あぁ、分かってるよ。先に買い物を済ませて、どんぐり亭でメシ食ってから登録に行くから時間もないだろうしな。初めてのクエストは明日の楽しみにとっておくよ。行ってきます！」

冒険者になるまで三年もかかったんだ。ここは一つひとつのイベントをじっくりと楽しんでいきたい。今日は登録、明日は今買える装備でも買って、明後日は簡単なクエストとか、そんな感じかな。などと考えながら、いつものように街に到着する。

「よおルイ。今日も買い出しか？」

「買い物も用事だけど、今日はいよいよ冒険者登録だよ、ベルンハルト」

「え？　お前もう十五歳か！　早いもんだなー、あんなに小さかったお前がなー」

「小さかったって、たったの三年だぞ？　そんなに変わってないだろ」

「いやいやこんなだったぞ、こんな」

「豆か」

ベルンハルトが親指と人差し指で輪っかを作る。確かに体格のいいベルンハルトに比べればまだまだ子どもなんだろうけど。

「まあ、まだまだひよっこのひよこ豆ってとこだ。冒険者になっても無理するんじゃないぞ」

「あぁ、もちろんだ。ゆっくりやるよ」


食材を少し、日用品を少し、買い物を終えたらどんぐり亭に顔をだす。

「いらっしゃ……ルイ！　久しぶり！」

「こんにちは、アラカ。相変わらず元気だな。いつものお願い」

「はーい。お父さーん。ルイ来たよー、いつものー」

アラカも少し大きくなった。初めて会った時は子どもっぽさが残っていたが、今は所作《しょさ》が少し大人びて、ちょっとだけお姉さんになった感じだ。シラカの面倒を見てるからというのもあるかもしれない。

「おう、ルイ。珍しいな、買い物か」

厨房からのっそりとクヌが顔を出す。こちらは相変わらずだ。

「買い物は済んだ。いよいよ今日はこれから冒険者登録するんだ」

「そうか。いよいよか。お前なら大丈夫だ。頑張れ」

「ありがとう。コナとシラカは？」

「今は家だよ。お昼のピークを過ぎたから、ちょっとだけ帰ったんだ。入れ違いだったね」

「あー、久しぶりにコナとシラカの顔も見たかったけど仕方ない、また今度にするか」

これから街に来る機会も増えるだろうし、また会えるだろう。運ばれてきた昼飯は大盛だった。毎回サービスしてくれるのは嬉しいんだけど、かなり量が多い。それでも、ギリギリ食べきれるくらいを攻めてくるところはさすがクヌだ。頑張って食事を終えた。


さていよいよ本日のメインイベント、冒険者登録だ。まだ十四歳と十一か月半とかだったらどうしよう。色んな人に話しちゃったし。それに俺の場合は転生者が地元民に混じったような、イレギュラーな存在だからな。色々不安はあるけど試してみないと分からない。覚悟を決めて冒険者ギルドの扉を開けた。

併設の酒場も昼のピークを過ぎた時間だからか、今は誰も利用していないようだ。「お前のようなちびっ子が冒険者登録かよ」とかいう先輩冒険者からの絡まれイベントの心配もしないでいいし、並ばないで済むのもありがたい。受付に進もう。

「すみません。冒険者登録をお願いしたいのですが」

「はい、冒険者登録ですね。それでは……あれ？」

「え？」

「家事手伝いのルイ君？」

「いや確かにそうだけど、その呼び方はちょっと」

変なふたつ名みたいで勘弁してほしい。

「あ、ごめんごめん。ほら、随分前に住民登録に来てくれたでしょ？　その時の担当、私」

お姉さんが自分を指差しながら教えてくれる。

「え、覚えててくれたの」

「そうよー。受付なんてやってると、人の顔を覚えるのが得意になるの。しかも同じ人間とは思えない美形だし。あの日から私、一週間くらい落ち込んだんだからね。そりゃ覚えてるよ」

「あ、はい」

ニコニコしながら怒るのやめてほしい。どう考えても俺のせいじゃないし。

「それはともかく、大きくなったねー。見違えたよ。冒険者登録ってことは十五歳になったんだね。じゃあ手続きしましょうか。この魔道具に手をかざしてくれるかな」

住民登録の時と同じように、平たい板に水晶の玉のようなものが埋め込まれた魔道具が用意される。言われた通りに手をかざすと薄く光り、横からカードのようなものが現れた。

「これが冒険者カードだよ。といっても、書かれてる内容は住民カードとほぼ一緒だけどね」

さて、どんな表示になっているのだろう。不安と期待をごちゃ混ぜにしながら、カードを受け取った。

名前：ルイ

種族：人間
年齢：十五
職業（クラス）：ウォーリア
レベル：一

カードを受け取った瞬間、世界がひっくり返ったような衝撃を受けた。職業を得たこと……レベル……武器の熟練度……数値化されたパラメータ……〝インフォメーションボード〟〝インベントリ〟……使用方法……様々なことが急激に当たり前になったような感覚。

「ルイ君？　大丈夫？　急にボーっとして」

「え、あぁ。ちょっと色んなことが頭の中を駆け巡って……」

情報量が多くて少しめまいがしそうだ。

「転生者の人はみんな、今のルイ君みたいな反応をするんだけど、地元民でもこうなることがあるんだね。知ってたら先に教えてあげられたんだけど、ごめんなさい」

「いや、もう大丈夫。それより、冒険者について教えてもらえますか？」

「少し長い説明になるから、具合が悪くなったら言ってね？　冒険者はそのまま、冒険する人。ギルドや個人から依頼を受けて、達成して、報酬をもらって生活する人たちのことね。個人からの依頼は色んなパターンがあるから、その依頼人から詳しい話を聞いてください。トラブルになることもあるけど、ギルドを通さない依頼は自己責任だから慎重にね」

他にも細かな説明を受けた。よくある〝冒険者ランク〟のような制度はないらしい。SSランクの冒険者だぜ！　みたいに威張ることはできないのだ。

「説明はこんなところかな、分からなかったところはある？」

「いえ、大体分かりました。じゃあ今日のところは帰ります」

「あ、待って。冒険者登録した人には、マジックバッグ（小）をプレゼントしてるの。見た目よりもたくさんの物が入るんだよ。特殊なクエストを達成した時とか、ユニークモンスターを討伐した時に女神さまからいただく報酬も、この中に直接届くんだって。さ、お好きなものをどうぞ！」

お姉さんがそう言って、カウンターの横から袋を取り出してきた。リュックサック、肩掛けカバン、道具袋タイプ……まだまだ出てくる。多いな。小さいほうが邪魔にならないし、両手も空いた方がいいだろうから、腰につけるタイプのベルトポーチを選ぶことにしよう。

「転生者の人はインベントリがあるけど、地元民はないからね。女神さまから報酬を受け取るためにも、マジックバッグは冒険者の必須アイテムだよ。お金を貯めて、もっと収納量が大きなものを買えるように頑張ってね！」

再度お礼を言って、今度こそ冒険者ギルドから出た。たくさん説明を聞いて少し疲れたし、何より検証しないといけないことが多い。インベントリにしれっと放り込まれていた〝アレ〟

も気になる。バルバラにも相談した方が良いだろうから、今日は急いで帰ることにしよう。

門に向かう途中で珍しく冒険者、それも転生者を見かけた。門に近づくにつれてその数は増えていき、門を出る頃には街に入る人が長い列を作っているのを見て驚いた。ベルンハルトもかなり忙しそうにしていて、声をかけることができなかった。

街を出ると、道の向こうから高速移動をしながら向かってくる人や、ペガサスのような生き物に乗って飛んでくる人など、続々と冒険者が集まってくる。今、ヌルの街で何かのイベントが発生しているらしい。

凄く気になるけど、こちとら周回遅れのレベル一。四年もこの世界で冒険者をやってる人たちが集まるようなイベントに参加できるとは到底思えない。早く追いついて参加できるようになりたいけど、今は我慢だ。明日から頑張ろう、そう思いながら家路を急いだ。

～ヌルの街　噴水広場前

ヌルの街は多くの冒険者で賑わっていた。短時間で攻略の最前線から〝始まりの街〟まで移動できる手段を持っている者ばかりである。当然、どの冒険者も一目で分かるほど質の高い装備や、自信に溢れた佇《たたず》まいなどから高レベルの冒険者であることは疑いようがなかった。

普段とは違う様子を見せるヌルの街、その中央にある噴水前広場。分かりやすい目印があるため待ち合わせのスポットとして有名だが、その人混みを避けるかのように広場の外れのベンチに集まった三人の冒険者がいた。

「バグじゃなかったとはな」

「修正が入っただけという可能性は？」

騎士然としたプレートメイルの男の呟きに、背中に大弓を背負った軽鎧《けいがい》の男が問いかけた。

「ただの修正ならクエストを消去するだけだろうし、このお知らせの理由がつかないよ」

ローブを着こんで腰に短杖を下げた女魔法使いが、インフォメーションボードを指差しながら会話に加わる。ボードには連続して、ふたつのメッセージが流れていた。

〈【緊急クエスト：迷える子羊を探せ】が達成されました〉

〈【ユニーククエスト：迷える子羊を愛護せよ】が発生しました〉

「クエストのタイトルといい、緊急クエストを達成してすぐに次のユニーククエストが発生していることといい、間違いなく連続《キャンペーン》クエストだろう」

「けど、こんなパターンは珍しいっつーか、初めてじゃないか？　誰もクリアできなかったクエストが三年越しでクリアされて、しかもキャンペーンだったとか」

「あぁ。腕輪が報酬というレアクエストだったために上位クランのメンバーが競うようにチャレンジして、それでも達成できなかったから、逆にバグだという説の信憑《しんぴょう》性が高まった」

堅苦しい雰囲気で話す騎士風の男に、空気を軽くするかのように話す狩人風の男。対照的なふたりが思い出すように経緯を確認し、そこに魔法使いの女が加わる。

「あまりに達成できないから、〝迷える子羊〟は迷ってる人じゃなくて、迷ってる羊じゃないかって説まで流れ始めて、みんなダメ元でヌル近辺の羊を片っ端から冒険者ギルドに連れていって、ギルドが羊で溢れかえったりしたものね」

「事態を重く見たわくわくアニマルパークの連中が羊の保護に乗り出して、俺たちや他の上位クランも協力して……大変だったもんな。結局クエストは放置する方向で決着がついたけど」

「だが、今になって達成した奴が現れた」

「えぇ。しかも続くクエストも迷える子羊ってことは、その人が次のユニーククエストの鍵を握っている可能性が高いわね」

「報酬もレアな可能性が高いし、今度こそ俺たちの手で達成したいところだな」

狩人風の男が不敵な笑みを浮かべてこぶしを手のひらに打ち付けながら言う。その言葉にうなずきつつ、騎士風の男が応じた。

「その通りだ。そのためにもまずは、何としても緊急クエストを達成した冒険者を探し出さなければならない。他の街の冒険者ギルドで達成した可能性もあるが、先のクエストの達成条件から考えると、ヌルの街が一番怪しいと考えられる」

「今、メンバー全員に声をかけてるわ。ちょっと遅れそうな人もいるけど、大半は一両日中に集合できると思う」

「他のクランの連中も同じような動きだろう。少しでも先行できるように、今いる俺たちだけでも情報収集を始めよう」

ベンチから立ち上がった騎士風の男に続き、狩人と魔法使いが歩き出した。

◆◆◆

夕暮れ時から夜になろうかという頃、バルバラの家に帰宅した。

「ただいまー」

「やけに遅かったじゃないか。首尾《しゅび》はどうだい？」

「あー、腕輪手に入れた」

「ファッ!?　なんだって！」

そう。インベントリが使えるようになった時に発見した例の〝アレ〟。その正体は転生者の腕輪だった。いや、俺もこんなにあっさり手に入れてしまったことに戸惑っている。むしろ時間がかかってでも達成したいとか、良い感じで決意した時の気持ちを返してほしいくらいだ。

そんな複雑な想いは置いといて、詳しい話はあとにしようとバルバラに告げ、まずは夕飯を作り、ふたりで食べながら今日の出来事をバルバラに説明した。

「なるほど。インフォメーションボードにインベントリねぇ。あんた、本当に転生者だったんだ？」

「スプーンで人を指すんじゃないよ、行儀が悪いな。汁が飛ぶだろう？　……けど、信じてなかったのか？」

「そうじゃないさ。腕輪を持たずにこっちに来た時点で、あんたは一生地元民扱いって可能性もあったんじゃないかい？　冒険者登録と同時に腕輪が手に入るように女神さまが配慮してくださってたのかね？」

〝インフォメーションボード〟はレベルや武器の熟練度といった自分のステータスが表示される、透過性のある板のようなものだ。実体はなく、念じるだけで意図した空間に浮かび上がる。他にも天界《うんえい》からのお知らせ的な情報や、インベントリの中に入れた物を表示できるなど様々な機能がある。〝インベントリ〟は異次元倉庫のようなものだ。何もない空間に手を突っ込んで中のものを出し入れできる機能で、ファンタジー系の物語では収納魔法とかアイテムボックスなどといった名称で登場することが多い。

「うん。よく分からないけどな。冒険者カードを受け取った瞬間にワサーッと色んな機能が自分に追加されて、そのあとにポコッとインベントリに腕輪が放り込まれたような感じだった」

「その説明もさっぱり分からないけどね。それはさておき、あんたこれから……」

ドンドンドン！

ドアを叩く音と共に、少し焦ったような声がする。

「ハァ、ハァ、バルバラ、ルイ、いるかい？」

「ドンドン叩くんじゃないよシンアル！　こんな時間に何ごとさね!?　さっさとお入りよ」

扉を開けて、大きめの服を畳んだような布の塊を抱えたシンアルが入ってくる。肩で息をする様子は普段落ち着いている彼にしては珍しかったが、何故か俺の顔を見てホッと一息ついた。

「ふぅ。ルイは無事みたいだね。安心したよ」

「こんばんは、シンアル。そんなに慌てて一体どうしたんだ？　俺がどうかしたのか？」

「うん、ふぅ。夕飯時にすまないね、実は……」

「お待ち！　スープが冷めるじゃないか。飯はまだだろう？　食べていきな。ルイ！」

「あいよ。その前に、水を一杯どうぞ。夕飯を少し温めなおすから座っててくれ」

シンアルが一息ついた様子から、大至急の緊急事態ではないと判断したのだろう。バルバラがシンアルを夕食に誘ったので、俺もコップと水差しを出し、台所へと向かう。

「あぁ、ありがとう」

シンアルも少し落ち着いたようだ。いつもの柔和な笑みを浮かべるようになったので、温めなおした食事を並べて夕飯を再開する。

「実はね、夕方ごろからヌルの街が転生者で溢れかえったんだ。様子を見ていると、珍しいクエストを達成した冒険者を探してるようでね。ひょっとしてルイが例のクエストを達成したんじゃないか、そのルイを探してるんじゃないかって思ったんだ。それで、様子を見に来たというわけなんだよ」

「えぇ!?　あの転生者達、俺を探してたの？　なんで!?」

街では冒険者登録をしただけだし、クエストを達成した覚えもない。そもそも、あんなレベルが高そうな転生者の知り合いなんかいないぞ。いや低レベルすらいないが。あれ？　なんだろうこのボッチ感は……。ちょっと哀しくなってきた。

「理由は分からない。けど、その様子が鬼気《きき》迫る感じでね。捕まったらどうなるのかと心配になるほどだったよ」

「みんな、ルイの腕輪を狙ってるんじゃないかい？　それしか考えられないじゃないか」

「いや、でもみんな持ってるだろ？」

「前にシンアルも言ってたじゃないか。どんなものか謎だとしても、ふたつ目がほしいんだろうよ」

転生者の間でもふたつ目の腕輪に機能があるのか、アクセサリー的に使うのか、謎のままという話だった。レア物ってだけでほしくなる感覚は分からなくもないが。

「捕まったら、どうなるんだろうな」

「転生者は死なずに復活するとは聞いているが、持ち物を奪われたりはするらしい。腕輪を盗られたら、新しく手に入れる手段はもう無さそうだね」

「となると、何としても捕まるわけにはいかないな」

地元民として生きていくことに抵抗があるわけじゃないけど、転生者として冒険したいと想いながらこの三年間を過ごしてきたんだ。そう簡単にリタイアしたくない。

「なら、まずは強くなることさね。次に、信頼できる仲間を探すんだ。まだ転生者にはあんたの顔も名前も知られてないだろうから、人目を惹かないようにして地道にレベル上げすれば見つからないだろうさ」

「そうだね。お隣のエンの街に行くといい。ヌルよりも少し大きな街で、周辺にモンスターがいるからレベル上げもできる。本音を言えば付いていってあげたいんだが……」

「シンアル、だめだよ。仮にも冒険者たるもの、ひとり立ちできずにどうするんだい。それにこいつ自身が言ってたんだ。『この世界を驚きたい』ってね。アタシらみたいなのが付いていったら楽しみが半減しちまうじゃないか」

「バルバラ、覚えてたのか」

俺が冒険者になりたいって気持ちを伝えた時の言葉だ。面と向かって聞かされると気恥ずかしいのだが、それが俺の本心だからしょうがない。

「確かに、この世界を楽しむというのは正しく女神さまの本懐《ほんかい》でもあるよ。でも、しかし、ク、クゥ……女神さまは何という試練をっ！」

あぁーあー久しぶりにシンアル泣かせちゃったよ。

「あぁもう！　久しぶりにうっとうしいねぇ。まぁいい。ルイ、そうと決まりゃあ準備だ。冒険者がヌル周辺に集まっている今がチャンスだよ。慌ただしいが、明日の朝には旅立ちな」

「ん、分かった。準備するよ。シンアル、もう遅いから泊まっていくだろ？　寝床《ねどこ》準備しとくから、顔洗っといてくれ」

急過ぎて心の整理もつかないけど、ふたりのアドバイスに従うのが一番だろう。エンまでは徒歩でも、早朝に出れば夕方には着けるらしい。インベントリやマジックバッグがあるとはいえ、今後の旅で増えていくかもしれない。荷物はできるだけ少なくしておいた。

翌朝。いつものように顔を洗い、朝食を作り、三人で食卓を囲む。何となくしんみりしそうだったので、できるだけいつものように振る舞い、馬鹿っぽい話をするように心がけたが、上手くできたか自信がない。

「これを持っておいき」

朝食後、バルバラが一本の長杖を差し出す。受け取ると、長さは俺の身長から少し短いくらい。頭の部分が握りこぶしくらいで杖の先端にいくにつれ細くなる、ごく普通の形の杖だ。デザインとしては頭の部分に二か所猫耳のような突起があり、横に口元のωのようなでっぱりがあり、微妙に猫っぽい。何かの樹から削りだしたようなシンプルな杖、なんだけど、凄まじい力を感じるのは気のせいだろうか。

「っ！　バルバラ、それは試練を乗り越えた者に……」

「いいんだよ！　こんなもの、どうせ誰も取りに来やしないさ！　そういうあんただって、そいつはエルフ連中があんたのためにって作ってくれた、贈り物じゃないか」

「人目を忍《しの》んで旅をするにはぴったりだからね。昨晩、ルイが危ないかもしれないと思ったから、何かの役に立つかもしれないと持ってきてしまったよ。みんなも許してくれるさ」

そう言って、手に持っていたローブを渡してくる。薄い緑色で、袖口やフードの部分には濃い緑や金色の糸で刺繍《ししゅう》が施されていた。植物をあしらった美しいデザインなのだが……。

「ありがたいんだけど、なんでフードに猫耳……」

「これをもらった時、私はバルバラとパーティを組んでいてね。お揃いにしてくれたそうだよ。フードを被ると認識阻害《そがい》が働くから、周りの人や敵から意識され難《にく》くなる。きっとルイの身を守ってくれると信じているよ」

「そんな良いもの、俺にはもったいないよ」

「いや、実を言うと私の外見でこの耳は恥ずかしくてね、あまり使えないんだ」

あ、あぁ。それは分かる。俺でも少し恥ずかしいくらいだし。けど形状に目をつぶれば、この性能は今の俺には必需品といっても良いだろう。

「じゃあ、ありがたく使わせてもらうよ。バルバラ、シンアル、ありがとう」

「あと、その辺のビンもだ。邪魔だから持っていきな」

ビンに目を向けたシンアルの顔がひきつる。

「バルバラ……それ……エクスポーションじゃないか……」

「作り過ぎて邪魔なんだよ！　片付けはルイに任せてるんだ。これはうちの家事妖精の仕事なんだから良いんだよ！」

バルバラ、今、〝うちの家事妖精〟って言ったな。テンパってて気づいてないみたいだけど。

「うん。仕事なら仕方ないな。ありがとう」

「ふんっ」

毛並みで分かりにくいが、きっと耳まで真っ赤になっていることだろう。シンアルも苦笑いしてるけど、それ以上は何も言わなかった。

「じゃ、行くよ。ふたりとも、今まで本当にありがとう。しばらく会えないと思うけど、時々はどうにかして連絡できるようにするよ」

「困ったら近くの教会を訪ねると良いよ。女神さまの教えを守る者に悪い者はいないから」

「焦らず気長にやりな。ただでさえあんたは人より遅れてるんだ。今さら急ぐ必要もないさね」

ふたりと握手して、離れた。こういう別れ方に慣れていないので、笑おうとして、泣きそうになり、変な顔にしかならなかったので、背中を向けて森の入口まで進んだ。一度だけ振り返り、まだ見送ってくれているバルバラとシンアルに大きく手を振り、深くお辞儀をしてからは振り返らずに森の中へと消えていった。

急ぎ足で森を進み、茂みから街道へ出た。涙はだいぶ乾いていたけど、目と鼻の周りがガビガビだ。タオルを取り出して顔を拭い、ポーチにしまいながら一歩踏み出す。

周回遅れの異世界転生の始まりだ。

～天上にて

「無事で良かったわ。本当に。三年もの間、音沙汰がなかったから、身動きが取れなくなっているとか、何かのトラブルに巻き込まれてるのではと心配したもの」

女神はそう言って安堵《あんど》の表情を浮かべた。人知を超える美しさというよりは、可愛い大人の女性といった風貌《ふうぼう》だが、安堵の表情の中に疲れも混じっている。

四年前に集中発生した災害の影響により、天界は混乱を極めた。いくつかミスもあり完璧に対応することはできなかったが、どうにかひと段落ついたところだ。今は、手が回らなかったミスの内のひとつである〝エリエルのやらかし〟について、天使が経過報告にきたところだ。

女神に報告に来た天使は可愛いというよりは美しい顔立ちだが、何故かメガネをかけている。ぴんと伸ばした背筋に長めのストレートヘアも相まって生真面目なオーラをかもしだしていた。

「女神さま、すでに十分トラブルに巻き込まれていますよ。腕輪を持たずに転移したことで異分子的に出現。世界のシステムはイレギュラーの辻褄《つじつま》を合わせるために、彼を妖精の取換え子《チェンジリング》にしました。その反動で種族は人間ながら性質、性格、知識技術に家事妖精としてのものが混じり、年齢も十二歳まで若返ってしまいました。おかげで地元民として受け入れることが可能にはなりましたが」

「そうね。でも冒険者登録ができたってことは、やっと他の転生者と同じスタート地点に立たせることができたわけじゃない。人族のまま、とはいかなかったし、時間もかかったけど」

「えぇ、まぁそれはそうですが。当初の設定では向こうの時間はこちらよりも速く進むようにしていましたが、こちらの対応が遅れる可能性がありましたので、すぐにこちらの流れと同期させました。そのため女神さまには時間がかかったように思われるのかもしれませんね」

「転生者たちにとって三年は長いわよ。私たちにとってはそうでもないけれど。レナエル、あなたも相手の立場に立って物事を考えられるように、ね」

「かしこまりました、努力いたします。……報告を続けます。緊急クエストの達成に伴いユニーククエスト【迷える子羊を愛護せよ】が自動的に配信されました。ただ、こちらは達成されていません」

左手に持った書類に目を落とし、右手でメガネの位置を整えながら報告するレナエルに、女神は首をかしげながら問いかける。

「どういうこと？　ルイを冒険者ギルドに連れていった転生者はクランに誘わなかったの？」

「原因はわかりませんが、ルイがひとりで冒険者登録を行ったようです。またその際、周りには冒険者が全くいなかった模様。最近はヌルの街近辺には転生者の冒険者はほとんどいなかったらしく……」

「クランに入り損《そこ》ねた、というわけね」

思わずため息が出る。女神の思惑ではルイが転移した直後に【迷える子羊を探せ】で冒険者ギルドに連れていってもらい、【迷える子羊を愛護せよ】でそのままパーティに入れるなりクランに入れるなりして、先輩冒険者に保護してもらいたかったのだ。

それが何故か冒険者たちは【迷える子羊を探せ】を達成できず、ようやく達成されたと思ったら、今度は【迷える子羊を愛護せよ】もスルーされてしまった。

「ふ、うふふふ……」

「女神さま？」

ため息をついたうつむき加減の姿勢から突如笑い出した女神の様子に、レナエルが動揺する。

最近お疲れだったからかな、などとやや失礼な理由を推測し始めた天使に女神は笑顔を向けた。

「絶対幸せにしてやるんだから。天災なんかで不幸になんか、させないんだからね」

「え、あ、はい。罰と研修を兼ねてエリエルも送り込みましたし、女神像を通じての監視は引き続き行います。状況に応じてクエストの配信や、おつげでのサポートを開始する予定です」

「レナエル、頼んだわよ」

「お任せください、女神さま」

レナエルはそう言って、深く一礼した。

第三章　再会

　エンの街へは街道を東へ、徒歩で一日の距離だ。天気は快晴、季節は春。旅立ちにはぴったりの気持ちいい風が、草原の丘を吹き下ろすように流れてくる。バルバラの家からヌルの街までの見慣れた道にも似ているけれど、そんな風景さえも新鮮に見えて心が躍る。
　しばらくは景色を楽しみながら歩いていたが、ふと思えば昨日の冒険者登録から展開が早過ぎて、現状を確認する時間がなかった。せっかくだし、のんびり歩きながら色々と確認してみることにしよう。まずは持ち物。

聖バルバラの杖
森幻《しんげん》のローブ
王者のナイフ
アラカのエプロン

　全部もらい物で正式名称は知らなかったけど、インベントリに入れた時点で判明した。冒険者始めましたっていうレベル一の装備とは思えない名称の中に、アラカのエプロンがあるのは

少しほっとするな。まあエプロンが冒険者らしいかと聞かれれば返答に困るけど。

次にステータス。ＳＴＲ（腕力）、ＶＩＴ（体力）、ＩＮＴ（知力）、ＭＮＤ（精神力）、ＤＥＸ（器用さ）、ＡＧＩ（速さ）、ＬＵＫ（幸運）。なるほどなるほど。スタンダードなＲＰＧ《ロールプレイングゲーム》のステータスだ。

それと格闘、剣／大剣、刀／太刀、槍／ランス、斧／ハンマー、弓／大弓、盾／大楯、短杖、長杖の、それぞれの熟練度。さらに生産系というのか生活系というのか、戦闘以外の料理、錬金、加工、釣り、騎乗《きじょう》などの熟練度が設定されている。

……長杖、料理、錬金の熟練度がおかしなことになっているのは、見なかったことにしよう。その他のステータスの数値はたぶん普通だと思う。比較対象がないから分からないけど。

これらのステータスや装備、アイテム類はインフォメーションボードから確認できるようになっている。ゲームのウィンドウみたいにビジュアルで分かる感じで便利だ。

ステータスと武器の関係やスキルなど、今は分からないことも多い。けれど転生者の出現開始から四年も経ってるんだし、その辺りの情報は先輩冒険者に聞いたら教えてくれそうな気がする。良い出会いがあるといいんだけど……。

「っ⁉」

まだ遠いが、生き物が動く気配を感じた。前方の草原の茂みに塊のような違和感がある。不快な音とともに徐々に近づいてきたそれは、やがて一匹の影を吐き出した。

「ゴブリンか」

ファンタジーの定番、邪悪《じゃあく》な小鬼だ。子どもくらいの身長にやせ細った体型。緑色の顔には醜悪《しゅうあく》な笑みを浮かべている。

「ケケッ！」

俺のことを貧弱な子供だとでも判断したのだろう。どこで拾ったんだと聞きたくなるような、ゆがんだナイフを振りかざして襲ってきた。エンまでの街道で襲われることは、まずないと聞いていたんだけど。

杖を手に持ち、構える。武器としてはナイフも選択肢にあったが、バルバラとの訓練で杖の方が手に馴染んでいる。これも訓練のおかげか、不思議と恐怖心もなく落ち着いて迎え撃つことができた。ゴブリンはナイフの扱いそのものも未熟なようだ。一直線に突きかかってくるのではなく、頭上の斜め上に掲げ、剣のように振り下ろしてきた。リーチの短いナイフでは隙だらけの攻撃方法。スピードも遅いし、これならやれる！

「ハッ！」

がら空きの脇腹に一閃《いっせん》。ヒットしたらすぐに杖を戻して、ひるんだ隙に振り下ろしてやる！

ドッ……パァーン！

「え？」

脇腹に杖の一撃をくらったゴブリンは、爆発四散すると同時にキラキラと青い光のエフェクトになって消えた。二撃目に移ろうとしていた俺は急に支えを失ったような体勢になり、逆によろけることになってしまった。

「ちょっと見たくない感じになるよりはいいんだけど……オーバーキル過ぎるんじゃなかろうか、これは」

予想はできたことだが、この杖と俺の長杖レベルはこの近辺では強過ぎるようだ。「俺強ェエエ」も状況によっては良いんだけど、さぁこれから冒険だっていう今はワクワク感が削がれてしまう。

「この杖に頼るのは、ここぞという時だけにしよう。エンの街で、杖以外の、普段使いの武器を買って、一から始めよう。うん、それが良い」

そう心に決めた。突然の戦闘が発生した時点でかなり緊張したが、あまりにあっさり終わったので達成感よりは戸惑いというか、残念な感じというか。

気を取り直して、旅路《たびじ》に戻る。途中、昼休憩をはさんでから再び歩き出したが、人にも魔物にも遭わなかった。

みんなの転生開始から四年が経過し、この辺りを拠点にしている転生者はほぼおらず、まして徒歩で移動する者も、もはやいないからだろう。そうこうしているうちに夕暮れ時よりは少し早い時刻。街道沿いにぽつりぽつりと農場や牧場らしきものが見られるようになった。穏やかな牧場の風景をいつまでも眺めていたい欲望と葛藤《かっとう》しながら、歩くスピードを速めていくと、遠くにヌルよりも少し大きめの外壁が見えてきた。いよいよ、エンの街に到着だ。

エンの街中はヌルに似ていたが、商店の規模はこちらの方が少し大きい。建物だけでなく露店も多く立ち並び、それらを冷やかして歩く人々も活気に溢れ賑やかだ。

「いらっしゃい。何かお探しかな」

欲望に負けて食材を扱う露店を見ていると、お店の人が話しかけてきた。

「こんにちは。ヌルから来たんですが、この街は食材の種類が豊富ですね」

「ああ、エンは街の周辺に農場や牧場があるからね。そこから野菜や乳製品が届けられてくるんだよ。新鮮な野菜に麦や豆類、卵に牛乳、どれも美味しいよ」

確かに、種類が豊富で質も良さそうだ。しばらくは宿暮らしだから食事は食堂メインになるだろうけど、インベントリやマジックバッグの検証もかねて、牛乳と卵を購入。マジックバッグに入れると、お店の人が驚いた。

「おや、冒険者だったのかい。ウチみたいな店で買い物とは珍しいね」

「冒険者はお店で買い物をしないんですか？」

「冒険者といえば転生者ばかりだろう？　転生者は〝取引所〟を使うことが多いんだ。なんでも、転生者のインベントリに入れたものは〝アイテム化〟するとかで、それを転生者同士で取引してるそうだよ。それに転生者は料理とかがあまり上手にならないみたいだからね。食材の類はあまり買わなくなったねぇ」

ほうほう。取引所があるパターンなのか。取引所も一部のオンラインゲームでは定番の機能だ。プレイヤー間での直接取引を可能にしてしまうと様々なトラブルの種になるため、取引所を介して取引を行うことによりトラブルの発生を未然に防ぐのである。

せっかくだから取引所の場所を聞く。教えられた場所に行くと、掲示板のようなものがあった。近づくとインフォメーションボードに取引所のボタンが現れ、説明が流れる。

だけど、今は取引所に並んだアイテムを見ても、何が何やらさっぱりだ。ポーション類など名前で効果が類推《るいすい》できる物や錬金素材などは分かるが、魔物の素材や魔道具、木材みたいなものまである。何に使うんだろ？　武器や防具もあるけど何故かやたら高いし、せっかくだからお店で直に見てみたい。今日のところはスルーだな。

おっと、露店や取引所を見ていたら、つい遅くなってしまった。どこか泊まれそうな宿屋を探そう。空いてるといいんだけど。

◆◆◆

偶々《たまたま》見つけた宿屋〝麦の灯《あか》り〟には空き部屋があった。最後の一部屋だったみたいでセーフ、セーフ。所持金的にも問題なかったので、とりあえず一週間お願いしておいた。依頼とかこなして、早く生活を安定させないと。でも冒険者ギルドに行く前に、まずは教会でお祈り《セーブ》だな。万が一ということもあるし。明日は午前に教会、午後にギルドという予定で決まりだ。

案内された部屋は六畳ほどの大きさだが、ひとりにはちょうど良いくらい。比較的綺麗に整えられてはいるけど、清潔好きの日本人だからか、はたまた家事妖精が混じっているからか、今ひとつ満足しきれないといったところ。

少し長く滞在するし、勝手に掃除したりシーツを洗ったりしても良いか確認したところ、怪訝《けげん》な顔をされたが一応了承してもらえた。明日の予定に、マイ掃除道具の購入を追加だな！

夕食は美味しかった。パンが特に美味しくて、ふんわりとしていながら中はもちもち。外側の皮の部分もカリッとして香ばしい。メインは何とロールキャベツ！　ナイフを入れると肉汁がじわりと溢れ出て、湯気とともに食欲をそそる香りがテーブル一面に立ち込める！　亭主……中々やるな？

この世界で提供される食事は近現代の地球にかなり近い。というのも、この四年で転生者たちが転生チートだとばかりに知識をバラまいたからだ。転生者は生産系スキルが伸びないので、自分では高品質なものを作れないが、知識を住民に流すことで食生活の向上を図ったようだ。

〝厳密には違うものだが似た食材〟を発見してきては地元民に料理をお願いする、を繰り返したことで、元の世界の様々な食べ物や飲み物を再現できており、地元民にもかなり浸透《しんとう》している。恩恵《おんけい》だけを享受《きょうじゅ》することになった自分としては、敬意と感謝を捧げるばかりだ。

満腹感と幸福感に包まれて自室に戻り、本日は就寝。おやすみなさい。

翌朝、支度を済ませて教会へ。宿の人に教会の場所は聞いていたので、道に迷うことはなかった。途中途中で開店準備をする露店を横目で見つつ、今日の昼飯候補をランキング付けしていく。なお現在の一位は焼きもろこし風の何かだ。

教会は他の建物に比べて少し大きめで、屋根の上には鐘楼《しょうろう》がある。質素ながらも美しいアーチが随所《ずいしょ》に、ただし控えめに施されて、一目で教会だと分かるようになっている。

フードを取り中に入ると、やや広めの礼拝堂に出た。奥には少し大きめの女神像。天井が高く、静謐《せいひつ》な雰囲気を感じる。きょろきょろと見回していると迷子認定されたのか、近くを通りがかったシスターが声をかけてくれた。

「転生者の方ですか。ここは共用の礼拝堂ですので、個室の〝女神の間〟にご案内しますね」

俺の腕輪を見て、転生者と分かったのだろう。礼拝堂の横の廊下から奥へと案内してくれた。

　歩きながら、少しだけ教会について説明してくれる。

　教会の機能はお祈り、転職、あと寄付もできるみたい。シンアルにも世話になったし、女神さまにも感謝している。余裕ができたら教会には寄付したいところだ。

案内された女神の間は、俺がこの世界に来た時の小部屋とそっくりだった。薄暗い小さな個室の奥に、女神像が立っている。お作法とかはよく分からないから、適当に跪《ひざまず》いて両手のひらを組み、目を閉じて祈りを捧げる。

（女神さま、おかげさまで冒険者になることができました。人とは違う始め方にはなりました

が、精一杯この世界を楽しみたいと思います。温かく見守っていてください）

すると突然、女神像を中心にまばゆい光が辺りを包み込む！　違和感を感じた瞬間に目を開けたが、あまりの眩しさに再びキツく目を閉じる。ほどなくして光が収まったことをまぶたの裏で確認し、恐る恐る目を開けると、そこには……。

「やっほー！　お久しぶりー！　エリエルだよー！」

キメポーズのエリエルがいた。ガングロギャルは止めたのだろうか、化粧はしているが黒くはない。一番変わったのは大きさで、天使の姿はそのままに、手のひらサイズよりは少し大きいくらいのサイズになって宙に浮いている。

「さて、お祈りも済んだし、次に行くか」

そう言って立ち上がり、出ていこうとしたのだが。

「ちょ、ちょっと！　なんで？　なんでスルーするの？　あたしのこと見えてないの？　むしろあたしの可愛さに目がくらんじゃって見えてないの⁉」

正面に回り込んできた。言動も行動もウザい。

「女神さまが、周回遅れのルイをサポートするようにって、この世界に送り込んでくれたんだよ！」

「あ、そういうの、結構ですから。それじゃ」

片手をあげて、横を通ろうとする。しかし回り込まれた！

「いや、結構とかそういう話じゃなくて！　何かの勧誘みたいに断るのやめて!?　ほら、聞いて聞いて、あたし物知りだよ？　色んなこと教えてあげられるよ？　あたしがいれば、ちょちょいのちょょいでみんなに追いつけるんだよ！」

「いやいや、逆に足を引っ張られる未来しか見えない」

「やだ！　ルイ、未来が見えるの!?　凄ーい！」

だめだ。こいつはヤバい。一刻も早く別れるか、誰かになすりつけなければなるまい。取引所に〝あっち行ってくださいカード〟とか売ってないかな。

「と、に、か、く。あたしが来たからには大丈夫！　全部エリエルにお任せだよ！　女神さまにも、ちゃんとルイを幸せにするようにって言われてるんだから」

「女神さまは何て言ってたんだ？」

「仕事をさぼった上に勝手なことをした罰として、研修を兼ねて行ってらっしゃいって……」

「そうか、研修頑張れよ」

笑顔で手を振る俺。

「わぁ、ありがとー」

満面の笑みで手を振り返すエリエル。俺がそのまま通り過ぎようとすると、ハッとした表情になって回り込んできた。

「だから、ダメなんだってー。ルイに連れてってもらわなかったら、あたし天界にも帰れないんだってー。ホントごめんであやばるかだぁー」

最後の方は号泣だ。ちっ、仕方ない。

「分かった、分かったよ。しょうがないな。邪魔だけはするなよ」

「あ、ありがどぉー」

悪気なく迷惑をかけてくるタイプとはいえ、そんな酷いことにはならないだろうし。本音を言えば少し寂しくなっていたところだ。旅の道連れができるのはありがたい、のだが。

「でもエリエル、お前目立つよな？　何とかならないのか？」

少なくとも街中で、天使を連れた冒険者など見かけたことがない。

「あ、大丈夫だよ。この辺りにはいないけど、高レベルの冒険者がいるような先の街では、普通に妖精連れの人とかいるし。オンとオフの状態を選ぶことができてね、オフにしてる時は、妖精はこの世界と異なる別次元で自由に過ごしてるの。敢《あ》えてオンにして連れ歩いてる人もいるけどね。旅のお供っていうかアクセサリー感覚？　私も同じシステムだよ」

「そうか、なら安心……じゃない。レベル一の冒険者が天使を連れてたら悪目立ちするだろ？」

「あ、それも大・丈・夫！　私は役に立つ方の天使だから、他の人から見えないように姿を隠すこともできるよ！」

「おぉ！　初めて役立つ情報が！」

「ルイ？　スルーできない単語が混じってるよ？」

この世界にいる〝オン〟、別世界で休んでいる〝オフ〟、さらにオンの時にも他人に姿を見せてる状態と、見せてない状態が選べるらしい。これなら同行させてもトラブルにはならないだろう。「トイレに行く時はオフにしていいからねー」とかニヤけ顔で言ってるが、そのままずっとオフにしといたらどうだろう。次に呼んだ時に面倒くさいかな。

さてこの部屋にもだいぶ滞在してしまった。「何か悪いこと考えてない？」と聞いてくるエリエルは放っておいて、買い物に向かうとしよう。

「そういえば、お前ガングロやめたんだな」

「そーなの。本当はそのまま来ようと思ってたんだけどね。レナちんが、あ、レナはあたしの友達で、ほら、あの時トイレに行ってた娘ね」

「少ない情報量で可哀そうなイメージを植え付けるのヤメロ」

声も姿も形も分からず、ただトイレ行ってただけの天使イメージになるじゃないか。

「まーまー、そのレナちんに『真っ黒な顔で研修に行く馬鹿がどこにいますか』って怒られちゃって」

「ごく常識的な天使もいるようで何よりだ」

俺の中でレナちんは〝トイレに行ってた常識的な天使〟にランクアップした。そんなことを話しながら、焼きもろこし風の何かを食べつつ歩く。エリエルも食事可能とのことなので少し分けてやった。

　家事道具の店も教会への道のりで見つけてあったので、ホウキにチリトリ、雑巾とバケツを購入。洗剤はバルバラが改良した〝適度な〟泡が出るものを分けてもらったから大丈夫だ。

「家事スキーってホントだったんだね」

「誰のせいだ、誰の」

「えーっ⁉　でもほら、そのおかげで美形で家事が得意って、ちょっとイケメンぽいよ？　きっとモテモテだね！」

「お、ま、え、が、言うなー！」

「いひゃい、いひゃいから！　もろこし出るから！」

　わぁわぁと騒ぎながら、冒険者ギルドに到着。今日は依頼の様子を見て、簡単なものがあれば受けたいが、どうだろう。

　ギルドの中は閑散《かんさん》としているが、数人の冒険者が掲示板や飲食スペースにいた。悪いことをしているわけでもないのに、ドキドキする。できるだけ目を合わせないようにしつつ、受付へ。

「すみません、話を聞きたいのですが」

「はい、どのようなご用件でしょうか」

「このエンの街周辺ではどのような依頼が多いのですか？　あと、よく出没する魔物の情報なども知りたいのですが」

「承知しました。まず依頼ですが、周辺の農場、牧場への配達依頼が多いですね。次に森での採取、最後に魔物の討伐です。よく現れるのはゴブリン、次に農作物を狙うワイルドボア、稀にグレートディアが見つかります。グレートディアは、この辺りでは強敵になりますからご注意ください」

担当の受付嬢は真面目そうなお姉さんだった。必要な情報を的確に教えてくれる感じ。ワイルドボアはイノシシに似た魔物、グレートディアは鹿に似た魔物。

この世界では牛や馬といった通常の動物もいるし、それらが変異したかのような魔物もいる。動物の方のイノシシや鹿も、ちゃんと別に存在するのだ。

「グレートディアは、どれくらいのレベルの人なら倒せるのですか？」

「ソロなら十はほしいですね。三人パーティなら八くらいでしょうか」

いざとなったら杖に頼るけど、適正レベルに気を付けて、危なさそうならちゃんと逃げよう。転生者は死に戻りができるらしいけど何となく怖いし、できるだけ死なないようにしたい。

「ちょっといいかな？」

礼を言って受付を離れようとしたら、見知らぬ男に声をかけられて緊張が走る。マズイことになったかな？　ただの絡まれイベントとかならいいんだけど。

声をかけてきた男はシンイチと名乗った。優男風で、気の良い兄ちゃんといった見た目だ。

結論から言うと特に俺を狙っている冒険者とかではなく、受付での話が聞こえたので、一緒に鹿狩りに行こうと誘ってくれただけだった。

「改めて、クラン〝シンバシ騎士団〟のシンイチだ。よろしくな」

「ルイと言います、無所属です。よろしくお願いします」

「ソロ専か？」

「いえ、そういうわけでは。ヌルの街でのんびりしていて、これからゆっくり始めようかなと思いまして」

「いや、のんびりし過ぎだろ⁉　スタートから何年経ってると……まあ好きずきだけどな」

シンイチは呆れた様子だ。うん。俺が逆の立場でもそう思うよ。

「それならウチに入るか？　結成当初は日本の、関東周辺のサラリーマンの集まりだったけど、今は条件も緩やかだし」

「いえ、いきなりみなさんの力を借りるよりは、しばらく自分の力で進めてみたいと思います。誘ってくださってありがとうございます」

「そうかー、それも良いよな。気が変わったら声かけてくれよ」

「えぇ。でもシンバシ騎士団って面白い名前ですね」

「そうか？　これでも有名な上位クランなんだぜ？　他にも正統派の攻略組の〝クリムゾンガーディアンズ〟とか、転生前にメガネ派だった人の集まりの〝オリエンタルメガネ〟、獣人好きが集まった〝わくわくアニマルパーク〟などなど、色んなクランがある。人数制限で募集してないところもあるけど、自分の好みに合うところを探してみるといいぞ」

クランは趣味や属性、目的などが同じ人たちの集まりだ。メインストーリーの攻略を目指す人たち、同じ趣味を持った人たち、メガネ愛好家などなど。目的や趣味が一緒なら話も合うし、協力し合うこともできる。いつかはどこかに入りたいところだ。

「それはそうとして、これからメインストーリー始めるなら鹿狩りはまだ早いな。代わりに俺が、初心者向けの注意点を教えておいてやるよ」

シンイチはそう言って、初心者講座を開いてくれた。スタート序盤にやっておくべきことや育成のコツなど、様々な話をしてくれたので本当に助かった。もっと色々なことを聞ければ良かったのだが予定があるらしく、「そろそろ行かなきゃな、またどこかで会おうぜ」と言われたので、お礼をいって別れた。

「なんでクランに入れてもらわなかったの?」

エリエルが聞いてくる。確かにクランに入れてもらえば何かと協力してもらえるので、メリットはかなり大きい。

「いや、そもそも俺、他の転生者に狙われてる立場だし。みんな良い人たちだったとしても、迷惑かけることになるからな。クランに入るのは、せめてもう少し強くなってからだ」

「ふーん。ルイがそう言うならいいケド。ん？　あれ、クラン？　何か忘れてるような。なんだっけ？」

「いや、俺に聞くなよ。分かるはずもないだろ。思い出せないなら大したことじゃないんじゃないか？」

「うーん？　そだね。ま、いっか」

◆◆◆

冒険者ギルドを出たシンイチは急ぎ足で街の出口へと向かう。グレートディアはレアとはいえ、探せば見つからないことはない。ただ夜になれば視界も悪くなるし、さっさと終わらせるに越したことはないだろう。

「珍しく初心者を見つけて、ついうっかり世話を焼いてしまったぜ。時間食っちまったけど仕方ないか。それにしても面倒なお使い頼みやがって、あの魔女姫さまめ。確かに俺も久しぶりに食いたいから、別にいいけどよ」

そう言って狩人風の男はインベントリから大弓を取り出し、背中に背負って歩き出した。

◆◆◆

翌朝、大変気持ちの良い目覚めだ。昨日は宿に帰ってから部屋の大掃除をした。壁、窓ガラス、机、椅子に床などを綺麗にしてやったが、ちょっとやり過ぎたかもしれない。シーツなどのリネン類を今朝の内に洗って干せば、今晩はさらに快適に過ごせることだろう。

朝食を済ませて、今日の目的地は武器屋と防具屋である。エンまでの道中で普通の武器防具が必要なことが分かったからだ。一撃必殺も良いのだが、やっぱり地道にコツコツ強くなる楽しさを味わいたい。

「おう、坊主。何か用か」

「武器を見せてほしいのですが」

立ち寄った武器屋はお約束のドワーフ……ではなく、ウシ獣人の店だった。ウシといっても一般に想像しがちな白黒模様ではなく、赤茶けた体毛で角も体格も立派な獣人。創作物などではミノタウロスと呼ばれそうな外見である。

「冒険者か。武器といっても剣、槍、弓、ハ……」

「ハンマー見せてください」

「お、おぅ。けどお前の体格なら片手剣……」

「ハンマー見せてください」

「分かった、分かったよ。変な客が来たな」

店員さんが出してきたのは三種類。木のハンマー、鉄のハンマー、魔物素材のハンマーである。さてどれにするか。

「この街周辺の魔物なら、木のハンマーで十分だ。鉄は少し重いし、魔物素材は値段が高い。最初は安いのにしておいて、ある程度習熟してから次のハンマーを選んでも良いと思うぞ」

「熟練度が上がるとどうなるんですか？」

　武器についてはバルバラやシンイチからも少し聞いているが、せっかくだから店主にも質問してみる。親切そうな店主だし、色々と教えてもらえるかもしれない。

「武器を振り回すスピードが上がったり、叩きつけた時の威力が上がったりだな。あとはその武器に適した職業についていたら熟練度が上がった時にスキルを覚えることもある。剣なら二段切り、刀なら二刀流、とかな」

「二回切りつけたら二段切り、二本持ったら二刀流にはならないんですか？」

「そこはスキルと技術の違いだな。スキルは自分や自然界のマナのサポートを受けて発動する。それに対して自分の、まぁ努力みたいなもんか？　それで無理やり実現するのが技術だ」

　ということは、俺の杖術（物理）も技術の類なんだろう。スキルとは関係なく、努力で身につけた技。バルバラに感謝だ。

　店主のおススメに従って木のハンマーを購入した。素晴らしい。手になじむ。ワクワクがとまらない。おや？　エリエルが何かを恐れるような目でこちらを見ている。どうかしたのかな？

　熟練度が上がったらまた来ますね、と告げて武器屋を出る。今日の昼飯は露店でタコス風の何かにした。新鮮な葉野菜と、甘辛いタレをからめて焼いたクックルを薄いトルティーヤで包んでかじる。

む、マヨネーズも入ってるな。こんなところにも転生者チートが。温かい鶏肉と冷たい野菜がアンバランスのようで絶妙にマッチする。エリエルも気に入ったようで、顔中茶色いタレと白いマヨネーズで汚している。小さいサイズのハンカチを作ったほうが良さそうだな、これ。

防具屋では特段のこともなく、革の軽鎧を購入。ローブはシンアルのがあるし、鉄の鎧は重いから却下だ。ソロでやるなら機動力がどうしても必要になるから、選択肢があまりなかったともいう。

なおついでに防具を補修する目的の裁縫道具も売ってたので購入。さらに雑貨屋にも立ち寄って、手ごろなサイズのハンカチとタオルを数枚購入。思い通りの買い物ができて満足しつつ、宿に帰ることにした。

翌朝。昨日洗ったリネン類のおかげで良い香りに包まれ、目覚めは最高。バルバラ印の洗濯洗剤（改）はご近所の奥様方にも是非おススメしたい一品だ。

エリエルは就寝前にオフにしたが、かなり不満そうだった。ずっと出しておこうにも寝かせる場所がないしな。「一緒のベッドでも良いよ?」とかモジモジしながら言ってきたが、チベスナ顔で却下だ。朝起きたら背中の下でペラペラにつぶれたエリエルを発見するとか勘弁してほしいし。

専用ベッドでも作るか？　……今気づいたけどこいつ、色々と用意しないといけなくて面倒だな。カブトムシの方がまだ世話が楽だ。虫かごと砂糖水さえあれば何とかなるし。ん？　虫かご……一考する価値がありそうだな。幸せそうに俺の目玉焼きから黄身の部分だけ吸っているエリエルを見ながら、そんなことを考えていたら、

「ん？」

「いや、なんでもない」

エリエルが顔を上げるが、口から鼻の辺りまで真っ黄色だ。ミニサイズのスプーンとフォークも必要だな……。せっかく爽やかに目覚めた朝なのに、仕事がどんどん増えていくようでため息が出る。ハンカチとタオルは昨晩縫《ぬ》ってやったけど、その他の道具類は木の枝でも削り出して作るか。ほぼ白身だけになった目玉焼きを口の中に放り込んで、出発だ。

さて、気を取り直して。いよいよ今日は初めてのクエストに挑戦。冒険者ギルドに立ち寄って依頼を受注する。ゴブリン、ワイルドボア、一応グレートディアも受けておいた。期限もないみたいだし。

街を出て草原へと向かう。ゴブリンは街道を外れればすぐに見つかるとのことだったが……いたいた。近づくと、俺を獲物と認識したのか襲い掛かってくる。初めての戦闘と同じ動きを、今度はハンマーで試してみる。

「ふっ、はっ、……っふんぬ！」

一撃、二撃……からの、三撃！　横なぎで脇腹を狙い、怯《ひる》んだ隙に戻してもう一撃。それでも倒せなかったので、大きく振りかぶってゴブリンの頭めがけて振り下ろす。

「グゲゲ……」

一旦攻撃をやめて様子をみると、ゴブリンは動きを止めて少しうめき声をあげた後、青いエフェクトの光を残して消えていった。

「三撃か。まあこんなものなのかな」

初めての真っ当な戦闘にしては上々だと思う。今回はちゃんと戦った、という手応えがあるし、達成感もある。冒険者カードを見ると、〈ゴブリン（一）〉という記録が表示されていた。倒した証拠に耳を切り落として持ってこい、といったシステムじゃないのが嬉しい。

「さて、どんどん狩りますか！」

「ルイ、嬉しそうだねぇ」

「そりゃ、な。初めての依頼、初めての真っ当な戦闘とくれば、冒険者してるって感じがするじゃないか。ここまで長かったけど、やっと始まったなって思うよ」

「良かったぁ。私はてっきり、ハンマーでゴブリンをボコるのが楽しいだけなのかと思ったよ？」

「当然それもある」

「……」

「さ、次々いくぞ！」

その日はゴブリン退治に精を出した。レベルも三まで上がり、ギルドでも報酬をもらえたし、幸先の良いスタートだ。


初めてのゴブリン退治から、しばらくの間は草原でゴブリン中心にレベル上げを行った。途中でワイルドボアにも遭遇したが、突進してきたところをサイドステップでかわしつつ、顔面めがけて木のハンマーを振りぬいた。

カウンター気味に入ったせいか物凄い衝撃が両腕に伝わってきたが、そのおかげで威力を増すことができたのか、一撃で倒すことができた。ドロップアイテムで肉の塊が現れたのは中々シュールな光景だったが。

レベルは五まで上がり、レベル一でハンマーの〝振り下ろし〟、レベル三で〝横殴り〟、レベル五で〝かち上げ〟、それぞれの威力に補正が入った。基本のモーションに補正が入ったことでかなり動きやすくなった。


戦闘をひと通り試し終えたので新たな依頼を冒険者ギルドで見ていたところ、森での薬草採取クエストを発見した。薬草採取もゲームなどではお約束、冒険者といえば薬草採取だ。早速受領して、森へと向かった。

バルバラとの修行の成果もあって、森での採取はかなり得意な方だ。ヌルとはやや植生《しょくせい》が違うが、基本的な植物は同じ。目当ての薬草を採取するついでに、他の木の実や果物を採取する余裕さえある。せっかくだからエリエル用に、太めの木の枝も拾っておこう。

「エリエル、少し離れてろ」

「どうしたの？　ハンマーなんか構えて。敵？　周りにはいなさそうだよ？」

小さめの赤い木の実を両手に持ってかじりながら、エリエルは不思議そうな顔をしている。

「こういう木をハンマーで叩くとな、カブトムシとかクワガタムシとか、落ちてくるんだよ」

「えぇ？　何それ？　そんなことして、楽しいの？」

「楽しいの！」

そもそもハンマーを持っているからには、何かをゴンゴン叩きながら歩きたいよね。大きく振りかぶって、行くぞー。

ドンッ
ガサガサ……ボトッ
ほら、落ちてき……た？

「あ？」

「ん？」

年輪のような縞模様、木肌のような茶色、少し崩れたところから見える、六角形の穴、アナ、あな……ハチの巣だ！

「うわぁあぁあああ⁉」

「きぃやぁあああぁあ⁉　何やってんのよ馬鹿ぁ！」

猛ダッシュで逃げようとするが、ハチが出てくる様子がない。杖を構え、恐る恐る近づく。

「ねえ、やめよ？　出てくるよ？　ブンブン出てきたらどうするの？」

「いや、これ多分大丈夫なやつだ」

この様子では、中にハチがいるとは思えない。杖の先端で突いてみるが、やはり大丈夫そうだった。ほっと一安心。何かに使えるかもしれないので、インベントリに放り込む。

〈高級ハチミツ〉

表示を見て驚くと同時に、納得した。これは採取アイテムのひとつなのだろう。普通なら木に登って採取するとか、そんな方法をとるのかもしれない。だがハンマーさえあれば、木に登る必要はないのだ。やはりハンマーは素晴らしい！

「ルイ？　顔が大丈夫じゃないやつになってるよ？」

「失礼なお前にはハチミツは分けてやらん」

「あ、素敵。ルイ、とっても素敵な顔だよ？　どうしてそんなに素敵なの？」

ブンブン飛び回るエリエルをしばらく放置して、木々をゴンゴン叩きながら薬草採取を続けた。成果は上々。いつか錬金する時のことも考えて、自分の分の植物も確保していく。しばらくは森での採取クエスト中心で進めても良さそうだ。

今日も今日とて、最近恒例となった森での採取。あまりにしつこく森に通う俺に呆れたエリエルは「また森ぃー？　飽きたぁー。つまんなーい」とか言って、オフの日だ。

いつも通り薬草むしって樹木をゴンゴン。高級ハチミツのストックもかなり溜まってきた。森歩きのスキルも、また少し上達したように思う。

しばらく採取を続けていると、遠くにちらりと見慣れないものが見えた。俺の膝くらいの高さの、透明感のある小人。ふきの葉を手に持って、機嫌良さそうに、ほてほてと歩いている。薄っすらと消えたり、現れたりしながら森の奥に進んでいく。

森にもだいぶ通ったが、こんなことは初めてだ。危険なイベントかもしれないが、これを逃せばもう二度と出会えないかもしれない。ここは、リスクをとって踏み出してみるべきだろう。そう思って後に付いていくことにした。

どれほど歩いただろうか、ふ、と違和感を感じた。空気の幕を通り抜けたような、今まで通りの森なのに、今まで通りの森じゃない感覚。

その直後。

木々の間を抜けて目の前に広がったのは、現実とは到底思えない光景だった。目の前には、大きな泉。周辺の森は絵の具を溶かしたかのように輪郭《りんかく》が滲《にじ》んで定まらない。まるで、絵本の中に迷い込んでしまったかのようだ。

『僕たち集まるよ』

『僕たち染みこむよ』

『ふふふふっ』

くぐもったような声と笑い声が、近くから、遠くから聞こえる。泉の周辺には見たことのない植物。ふわふわした菌糸《きんし》につつまれた巨大な菌類。ぼんやりと光る苔に、木々を這《は》うつる草。泉には巨大な蓮が浮かんでいて、それらの間あいだを大小様々な小人が楽しそうに遊んでいる。

『でもお空に帰るよ』

『でも大地に帰るよ』

『クスクスクス』

森特有の、やや涼しくて少し湿った空気の匂い。鼻を抜けていく清涼感が心地良い。不思議なことに、重力を忘れたかのように真球《しんきゅう》の水滴がそこかしこに浮遊している。それらは合わさって大きくなり、かと思えば分かれて小さくなるといったことを繰り返している。

『つる草すべるの楽しいよね』

『苔のベッドが気持ち良いよね』

『うふふふふ』

深い緑と薄い青、どこからか薄っすらと差し込む光と陰が織りなす空間。唐突に広がった幻想的な世界に言葉も忘れて魅入っていたら、突如として小人たちから声をかけられた。

『きみはだぁれ？』

『僕らは水の妖精』

「あ、こんにちは。ルイって言います」

『どうしてここに？』

『何しにここに？』

「……たまたまひとり歩いているのを見かけて、楽しそうだったから付いてきました」

『ふふふ。楽しいよ』

『ふふふ。君、面白いね』

突然話しかけられて、思わず正直に答えた。話を始めたことで少し冷静さが戻ってきたけれど、今のところ危険はないように思える。

『それ、ハンマー』

『僕らも、持ってる』

「おぉ!? 同志よ！」

戻ってきたばかりの冷静さが吹き飛んだ！　妖精がハンマーを持ってるってのは意外過ぎだ。だが、やはり分かる人、いや分かる妖精にはハンマーの良さが分かるものだ。

『ハンマー、好き？』

「めちゃくちゃ好きだ！」

今までにこにこ楽しそうだった妖精が、俺の勢いに少しビクッとしたように見えたが、気のせいだろう。

『ふふふ。面白い人間』

『ふふふ、面白い妖精』

『これ、あげる』

『これ、アクアハンマー』

妖精たちがそう言ったかと思うと、水玉に包まれたハンマーが目の前に降りてくる。中に手を入れて受け取ってみると金属なのか、鉱石なのか、ひんやり冷たい。

『このハンマーは、水属性』

『魔力を通すと、水の力』

「おお！　初の属性付きハンマー！　して、どのような力が⁉」

『『ベチョってする』』

「ベチョって……する？」

うん。敵からしたら、ちょっと嫌な気持ちになるだろう。どちらかというと、精神的なダメージを追加で受ける感じ、か？

『このハンマー、楽しい？』

『このハンマー、面白い？』

「あぁ、もちろんだとも！　ハンマーに良いも悪いもない！　全て素晴らしいんだ！」

『ふふふ、変な人間』

『ふふふ、楽しい妖精』

『『また遊びにおいで』』

妖精たちがそう言った瞬間、辺りが闇に包まれた。突然の変化に戸惑ったけれど、どうやら元の薄暗い森に戻ってきただけのようだ。あ、ハンマーのお礼を言い損ねたな。またおいでって言ってくれたし、会う機会もあるだろう。

展開が急過ぎて実感が湧かなかったけど、あとからじわじわと不思議な体験をできた喜びが湧き上がる。今日の採取は一区切りということにして、この余韻にひたりながら、のんびり街に帰るとしよう。

第四章　ビアデ牧場

夕食を食べながら水の妖精に会った出来事を聞かせたら、エリエルがぶんむくれた。「ずルイ！、ずーるーいー」、「私も見たかった、見たかったー‼　なんで呼んでくれないの！」……などと連呼《れんこ》して、寝かせてくれなかった。ずルイって言いたいだけだろ、それ。

まあ確かに俺も呼んでやれば良かったのだが、ホントにすっかりエリエルのことを忘れていた。それをそのまま伝えたら、さらに怒るか泣くかするだろうから黙っておくけど。

仕方がないので明日は森以外に行こうと約束したところ、ようやく機嫌を直してくれた。まったくめんどくさいやつだ。

そんなわけで翌朝。朝食時のエリエルはご機嫌だ。皿やコップ、ナイフにフォークなどのミニ食器類も作ってやったので、前に比べれば随分ましな食事風景になった。やはりどうしても口の周りは汚しているが。今日はケチャップか。

「今日はどうするの？」

「ギルドで宅配クエストを受注してみようと思う」

宅配クエスト。お使いクエストとも呼ばれる。【○○を誰々に持っていって！】、【○○を持ってきて！】というような依頼だ。この街のお使いはギルドで説明を受けた通り、農場や牧場関係が多い。そう。つまりはちょっとした観光というか見物を兼ねて、クエストをこなすことができるのだ。

「いいね！　馬とか羊とかいるんでしょ？　行きたい行きたい！」

「ふふふ、そうだろうそうだろう」

というわけで、冒険者ギルドへと向かう。相変わらず冒険者は多くないが、猫耳ローブのおかげで特に注意は向けられない。シンアルには本当に感謝だ。

掲示板にはいくつかの配達依頼があったが、農作物や乳製品を農場や牧場から街へ運ぶものと、逆に日用品等を各所へ運ぶものが多い。ただその中にひとつ、気になるものを見つけた。

「お薬を届けてください？」

クエスト名：お薬を届けてください

クエスト内容：配達

達成条件：赤熱病《せきねつびょう》の薬（一個）の納品

期限：二日

依頼人：ビアデ牧場のビアデ

報酬：二千G

――――――――――

「ルイ、これ……」

「ん、これにしよう。困っている人がいるなら、早く届けてあげたほうがいいだろうし」

何となくここまで楽しいお出かけ気分だったのだが、人助けも冒険者の醍醐味《だいごみ》だ。お仕事モードに気持ちを切り替え、掲示をはがして受付に持っていく。

「クエストの受注ですか？」

「はい、これをお願いします」

「あぁ、ビアデさんの。受注してくださって、ありがとうございます。ご家族のみなさんは街の人にうつしたら困るからって、わざわざギルドへの依頼にしたみたいなの。薬は用意しておきましたから、これを届けてください」

そう言って受付の人が赤熱病の薬を渡してくる。おおまかな場所や牧場の概要《がいよう》も聞いたが、それほど遠くもなく、迷うこともなさそうだ。早速、向かうことにしよう。

ビアデ牧場は農場もやっているが、畜産がメインだそうだ。ウシやウマ、クックルの他にポワ・クルーという騎乗用の鳥も育てるなど手広くやっているらしい。今回のクエストの依頼人である牧場主のビアデ、その奥さんのラフの夫婦で経営しているが、薬を必要としているのはひとり息子のシェットだ。

街を出て街道を抜け、いくつかの農場や牧場を通り過ぎる。やや急ぎ足の強行軍だったこともあり、ビアデ牧場にはそれほど時間をかけずにたどり着くことができた。

敷地内には厩舎《きゅうしゃ》と思われる大きな建物もいくつかあったが、中央のひと回り小さな建物が彼らの住む家だろう。放牧されている動物たちがつぶらな瞳でこちらを見ているが、ぐっと我慢して、まっすぐ向かった。

「すみませーん、ビアデさんはいらっしゃいますか？」

「はーい、お待ちくださーい」

扉を叩き声をかけると、中から女性の声で返事があった。ほどなくして扉が開き、犬獣人の女性が顔を出す。この人がラフさんだろう。けど……。

「はいはい、どなた？」

「ルイと言います。これ、ギルドに依頼された赤熱病の薬です」

「あら。まだ若い方なのかしら？　冒険者のお仕事をされてるの？　偉いわね。ちょっと待ってね。あなたー、ギルドの方が薬を持ってきてくださったわよー」

女性は優しい声で、家の中へ声をかける。すると今度は男性の犬獣人が姿を現した。この人がビアデさんかな？

「おお、早速来てくれたのか。本当にありがとう。薬は？　これかね。うん、確かに。じゃあこれが報酬だから受け取ってくれ」

そう言いつつ、ビアデさんが依頼料を渡してきた。受け取りながら、どうしても確認したかったので質問する。

「はい、確かに。それで、初対面で本当に失礼ですが、ラフさん、ひょっとして……」

「あぁ、うちのラフは桜眼病《おうがんびょう》でね。今は少しだけ見えるが、もうすぐ見えなくなるんだ」

「言いにくいことを尋ねてしまって、本当にごめんなさい」

「いーえ、驚いたでしょう？　気にしないでね」

桜眼病は目元に桜の花びらのような斑点《はんてん》が現れ、黒目の部分が灰色がかっていくのが特徴だ。進行すると、完全に失明してしまう。優しく微笑むラフさんの様子が痛ましい。のだけれど。

「確か、お薬で治るのではなかったでしょうか？」

「うん、その通りなんだ。何年か前はこの辺りにも冒険者が多くて、薬も手に入りやすかったんだけど、最近はほとんど見かけなくなってね。材料が貴重で手に入らず、錬金術師もいなくて、今は薬屋にも置いてないんだ。もっとも、あったとしても、大変高価な薬になってしまったから、私たちの稼ぎでは、とても、ね」

「ラフ、すまないね」「いいのよ、あなた」そう声を掛け合う夫婦を見ているといたたまれない。あまり長くお邪魔するのも良くないだろうし。

「今日のところは、これで。シェット君も赤熱病の薬で元気になるでしょうから、またお伺いしてもいいですか？」

「ああ、これも何かの縁だ。息子の病気が治った頃に、また遊びにおいで」

「シェットにも会ってあげてね」

別れの言葉を告げて、ビアデ牧場を後にする。初めてのお使いクエスト達成だというのに、空気が重い。ややあって、遠慮がちにエリエルが話しかけてきた。

「ルイ、何とかならないのかな」

「うん。まあ、錬金できないことはない」

「本当に⁉」

驚きと喜びを同時に表現するエリエル。器用だなお前。けど、すぐ簡単に錬金できるなら俺がこんな表情をしていないことに気づいてほしいところだ。

「あぁ、錬金自体は可能だ。ただ材料がひとつ足りなくてな。手に入れる必要がある」

「この辺で手に入るの？」

「それは大丈夫だ。むしろこの街で良かった、とも言える」

その材料は……グレートディアの角だからだ。


グレートディア。この辺りでは希少な敵で、巨大な鹿の魔物。ギルドの受付嬢いわく、ソロで倒すならレベル十はほしいとのこと。今の俺のレベルは八だ。必ず角をドロップするわけではないため、〝見つけられるか〟〝見つけたとして倒せるか〟さらに〝都合よくドロップするか〟という三つの問題がある。もうひとつ言うならば、時間との勝負だ。

「やるしかないよな」

「鹿だけに？」

「お前、俺の真面目な空気を吹き飛ばして、やる気をそぐのが本ッ当に上手いよな？　今すぐオフする？　異次元行っとく？」


グレートディアの目撃情報は主に森。ということで今日は森に来ている。あれだけ採取して遭遇しないのだから確かにレア度は高いのだが、俺自身が避けていたというのも実はある。バルバラ流森歩き術には動物の痕跡《こんせき》をたどる知識も含まれており、いわゆる獣道の判別や、フンの色形匂い、樹木に体をこすりつけた跡など、様々な情報から判断して獣を追ったり、逆に回避したりすることができるのだ。強敵であるグレートディアは今まで遭遇を避けてきたが、ここ数日来の森歩きの経験から、探そうと思えば一日とかからず発見できると考えている。

と、あったあった。角とぎの痕跡。樹皮の剥がれ具合から、かなり近いはず。慎重に慎重に探索《たんさく》して……居た。やっぱりデカいな。俺の身長の十五倍くらいはありそうな高さに頭がある。

ハンマーは……何とか届くか？

顔の怖さ、体つき、堂々とした振る舞いから威圧感にいたるまで、これまでの敵とは段違いだ。とはいえ杖なら楽勝な気もするが、やはりハンマーで勝ちたい。まずはチャレンジだ。

エリエルに少し離れているよう指示し、接近する。遠距離の攻撃手段がない以上、近づく以外に方法はない。せめて先手が取れるように、ダッシュで接敵《せってき》する！

こちらの接近に気づいたグレートディアは、恐れる様子もなく戦闘態勢に入る。目を血走らせ、鼻息荒く足を踏み鳴らし、頭を下げて角をこちらに向け、迎撃《げいげき》態勢だ。ふ、と動き始めたかと思うと、

「速っ！　ゥグウッァ⁉」

「ルイッ！」

エリエルの悲鳴のような声を聞きながら、吹っ飛ばされた！

グレートディアの角をハンマーのヘッド部分で防いだため刺し傷は浅いが、身長の三倍ほどの高さまで飛ばされ、大木の横っつらに叩きつけられる。ずり落ちたところに太い枝があったので樹上《じゅじょう》にひっかかることができたが、地上に落ちていたら追撃《ついげき》を食らったことだろう。

「ルイ！　ルイーッ！」

「大丈夫だ！　まだやれる！」

エリエルには気丈《きじょう》に応えたが、正直言ってヤツの速さには驚いた。油断していたつもりはないけれど、ハンマーでの攻撃を当てるのは大変そうだ。さてどうするかと考えていたら、相手は俺がいる樹に体当たりを始めた。

ズンッ……ズンッ
体当たりされるたびに大きく揺れる樹。落ちそうになり、ふらつく俺。そうか、今までカブ

トムシやクワガタムシ達はこんな気分を味わっていたのか。ごめんな、カブト、クワガタ。俺は今後も叩くのをやめないけど。

いや、そんなことを考えている場合じゃないな。このままじゃジリ貧だし、いつかこの樹自体が倒されてしまう。

よく見ていれば、体当たりの瞬間はさすがに動きが止まる。ここを狙って勝負をかける！

一……二……三……今だ！

「くらえ！　バルバラ流杖……ハンマー術！　大回転縦殴り！」

樹上から勢いをつけ、縦回転しつつ飛び降りる。ちょうど樹に角を打ち付けて動きを止めたグレートディアの後頭部に一撃！　転がるように回転して背中に二撃！　三撃！　最後はお尻に四撃目だっ！

「へぶっ！」

勢い余って地面に顔から着地。痛みを我慢して立ち上がると、グレートディアがフラついていた。今がチャンス！　ハンマーを握りなおして走り寄り、あごを目掛けてカチ上げる！

「グゥレート・イィンパクト・ハンマーァァァ‼」

杖でできていた〝技〟だ。やってやれないわけがない。最大威力を出せるように力強く踏み込み、腰から回転させて伝えた全身の力をハンマーの打撃面に込め、全力で叩きつけた！

「グゥオォォォォォ！」

グレートディアは遠吠えのような悲鳴を上げ、一瞬立ちすくんだかと思うと、地響きを上げて大地に倒れこむ。そしてほどなく、濃く大きな青いエフェクトになって消えた。

「やった、やったね！　凄い、凄ーいよ、ルイ！」

「ふぅ……やれやれ」

初撃《しょげき》の体当たりで受けたダメージと、続けざまに繰り出した大技のせいか、全身の疲労が甚《はなは》だしい。緊張の糸も切れて、その場にへたり込む。

「そう何回もは、戦いたくないんだけど、どうだ？」

息も切れ切れ、仰向けに大の字になって、ドロップの確認はエリエルにお願いした。

「んー、あれ？　あ、これ！　あった、あったよ、角！」

「いよーっしゃあぁぁ！」

わざわざ両手で抱えて持ってきてくれたエリエル。俺は両手のひらを固く握りしめ、天に掲げて雄たけびをあげる。

どうやら一体目で目当ての素材がドロップする幸運に恵まれたようだ。ドロップ率が何％かは分からないけど、女神さまに感謝だ。これでグレートディアを何体も倒さなくて済むし、何より最速で薬を届けることができる！

さすがに今日は無理だけど、休んで体力が回復したら薬の錬金にとりかかることにしよう。

翌朝、少しだけ買い出しに出かけて不足しているものを買い揃えてから、錬金作業に入る。工程は三段階、素材を無駄にすることができないので慎重に、確実に。

バルバラからは錬金術を学んだが、彼女の本業はもちろん薬師だ。そのため各種の薬の調合だけではなく、病気やケガそのものにも精通していた。もちろん〝あの〟バルバラが錬金術を教えるにあたり、薬学についての知識を叩き込まないわけがない。採取の基本と同じように、症例や似た病気の判別、対応する薬から毒の種類まで習得済みである。

例えば赤熱病や桜眼病のように特定の病気に対しては、それ専用の薬を調合して処方する必要があるのだ。ちゃんと覚えてる俺、偉かった。

自分を褒めてあげながら錬金作業に集中して、無事に完成。見た目は白と桜色のマーブル模様の飴玉だ。くっきりとした模様は高品質の証、我ながらいい仕事したと思う。「美味しそーぅ！」と騒ぐエリエルに食べるなよ、薬だからな、と言い聞かせる。……万が一ということもあるし、インベントリに入れておくことにした。

さあ、ビアデ牧場への配達クエストを始めよう。

◆◆◆

「あら？　あなたはこの前の、ルイさんといったかしら。早速遊びに来てくれたの？　でも今、お届け物って？　赤熱病の薬の他に、何か頼んでたかしら」

ビアデ牧場を訪れて先日のように扉を叩いて呼びかけると、ラフさんが顔を出してくれた。

続いてビアデさんも現れるが、少し怪訝な表情だ。日をおかずに再訪したから、それもそうか。

「ラフ、誰か来たのかい。おや、君はこの前の。早速来てくれて悪いが、シェットはまだ快復とまではいってなくてね。悪いがまたの機会に……」

「いえ、今日はお届け物だけです。こちらを、ラフさんに。桜眼病の薬です」

「っ‼　なんだって⁉」

「そんな……」

驚愕《きょうがく》するあまり声を失うふたり。このままというわけにいかないので、話を進める。

「知り合いに薬師がいるのですが、住んでいるところには冒険者も素材も多くて、この薬が余っているそうです。タダ同然で手に入るし、邪魔だから持っていけと頼まれました」

「そんなことって……」

「すみませんが、受け取ってください。私には不要な薬ですから」

ビアデさんは長い間悩んでいたが、ややあって受け取ってくれた。

「……ありがとう。本当にありがとう。その薬師の方にも伝えていただけないだろうか。もしも気が変わって代金が必要と言われたら、全てを投げうってでもお支払いすると」

「ビアデ、あなた……。いえ、ルイさん。本当に、ありがとうございました」

ラフさんはビアデさんに何か言いたそうにしていたが、それを飲み込んで俺の方に向きなおり、深く頭を下げた。そして顔を上げたかと思うと、口元に手をあてる。

「ウッ……ウゥッ……」

溢れだす感情を隠すかのように添えた手だが、涙まで抑えることはできなかったようだ。桜眼病の特徴である桜の花びらのような斑点の上を、はらり、はらりと透明な雫が流れ落ちる。きらきらと輝くそれはラフさんの今の気持ちを表すようで、とても美しい。

「いえ、私は配達しただけですから。それより、今日はこれで失礼します。次こそ本当に牧場見学に来ますね。それでは」

ずっと見ているのも失礼だし、さっさと退散する。振り返らず、やや急ぎ足でビアデ牧場を出て、街道に入った。こういうのには慣れていないので、どうにもむず痒《がゆ》い気持ちになるのだ。

「ルイったら、照れてるー」

「うるさい。照れてない」

なので、今はニマニマしながらいじってくるエリエルにも上手く対応できない。ふん。お前だって俺の後ろで、「良かっだねぇ、良がっだねぇぇぇ」とか言いながら、ハンカチ握りしめて号泣してたじゃないか。とはいえ敢えて指摘するのも野暮《やぼ》な気がしたので、大人しく猫耳ローブをすっぽりとかぶって、宿に戻ることにした。なんだか色々と緊張したし、今日はもう冒険者仕事をする気分にはなれそうにない。宿の厨房を借りて、ハチミツを練りこんだ甘いパンでも焼いてゆっくり過ごすことにしよう。

宿屋〝麦の灯り〟はパンが有名だ。食事に出されるパンは種類が豊富で飽きないけど、ハチミツパンはメニューに入っていない。森でハチミツを採取するたびに気になっていたことだし、甘いパン作りはちょうど良い気分転換になるだろう。

厨房を貸してほしいと申し出たら快く承諾してもらえたので、早速アラカのエプロンを装《そう》着《ちゃく》して、料理開始。

これといって珍しい作り方をするわけではない。普通の甘いパン作りの工程で砂糖を使うところをハチミツに置き換えて、水の代わりに牛乳を使う。水分量に注意が必要だが、そこは久しぶりの家事妖精スキルとクヌ直伝の料理スキル全開だ。ほんのり甘くてしっとりと、ハチミツの香りが食欲をそそるハチミツパンの完成である。

ついでに卵と牛乳でプリンも制作。オーブンがあるので焼きプリンにしてみた。厨房内はハチミツの香りとカラメルの香りが甘ったるく漂っているし、よだれを垂らしたエリエルも漂っている。これ、許可した瞬間プリンにダイブするんじゃなかろうな。

ハチミツパンは作り過ぎたので宿屋のみなさんに多めにお裾分け。掃除、洗濯、料理と宿の仕事をそれなりにこなしてしまったせいで、従業員になってくれないかと熱望されたが、丁《てい》重《ちょう》にお断りした。

せめてハチミツパンの作り方だけでも教えてもらえないかと言われたので、こちらは快諾。ただ材料に高級ハチミツを使用しているため、麦の灯りでも滅多に出さない特別メニューになるだろう、とのこと。交換で他のパン作りのコツを教えてもらった。

なおエリエルは予想通り、「ヨシ！」と言った瞬間、顔からプリンに突っ込んでいった。毎回ハンカチ洗うのも大変なんだから、スプーンを使ってほしい。

◆◆◆

翌日は武器屋と防具屋に行くことにした。グレートディアとの戦いで武器も防具も一気に傷《いた》んだ。そのため、メンテナンスするちょうどいいタイミングだと判断したのだ。

宿を出て武器屋に向かう途中、ふと思いついた。昨日のプリン、売れるんじゃないか？　あるいは逆に、色んな料理を買えるんじゃないか？

昨日作ったプリンは一度で食べきれる量じゃなかったので、残ったものは後のお楽しみとばかりにインベントリに放り込んだ。すると、金色の枠で〈プリン〉と表示されたアイテムになったのである。

各種アイテムは白、銅、銀、金、虹色の枠で囲まれていて、おそらくレア度みたいなものを表していると思われる。通常のアイテムは白枠なのだが、例えば高級ハチミツは銀枠、バルバラの杖などは虹色の枠だ。

プリンが金枠になったことには驚いたものの、アイテムになったということは取引できる可能性があるということだ。さらに、プリンが取引できるなら他の料理も取引されているのではないだろうか？　これは早速見てみなければ！

ワクワクしながら取引所を覗くと、〝料理〟というカテゴリを見つけた。ハンバーグ、スパゲティ、ピザ、サンドイッチからご飯に味噌汁まで、あるある！　……のだが、ほとんどが銅で、一部に銀があるくらいだった。まぁみんな、美味しい料理を取引所には流さないよね。久しぶりに色々な料理名が並んでいるのを見た嬉しさと、品質面でのガッカリ感と、新しい楽しみを見つけた前向きな気持ちを一息に味わうこととなった。

とはいえトータルで言えば、まあ楽しかったので、金枠プリンを一個だけ取引所に流す。優しい人に食べてもらうんだよ？　そんな気持ちで武器屋へと向かった。

「こりゃまた随分と使い込んだなぁ」

木のハンマーを購入した店で点検と修理をお願いすると、差し出されたハンマーを見てウシ獣人の店主（心の中ではミノさんと呼んでいる）が、呆れたようなため息と同時にそんなことを言った。

「ゴブリンとワイルドボアまでは大丈夫だったんだけど、グレートディア戦でだいぶ傷んでしまって……」

「グレートディア!?　お前、大丈夫だったのか？　この木のハンマーじゃ少し荷が重かっただろうに。こいつの修理はしてやるが、そんな戦いをしてるようなら、そろそろ次のハンマーを考えた方が良いんじゃないか？」

そう言ってミノさんはこの前出してきた鉄と魔物素材のハンマーを取り出す。でも、この木のハンマーもだいぶ手に馴染んできたところだしな……あ、そういえば。

「ミノさん、これ見てもらえるかな」

インベントリからアクアハンマーを取り出す。

「誰がミノさんだ……よ⁉　こいつは！　水属性のハンマーか。これなら、かなり上のレベルの敵までは戦えるぞ。属性付きの武器は使い方次第で無限の可能性があるからな。どんな効果があるんだ？」

「ベチョっとする」

「ベチョっと……する？」

「うん」

ちょっと何を言ってるか分からないという顔をして少し混乱したようだが、ミノさんはすぐに立ち直った。

「いやいや、そんなワケねぇよ。今は熟練度のせいか使い方のせいなのか地味な感じなのかもしれないが、もう少し色々と試してみろよ。それにしても、なんでグレートディア戦でこれを使わなかったんだ？」

「いや、綺麗だし、使うのもったいなくて……」

「もったい……ない？」

「うん。鉱石か何か分からないけど、薄っすらと冷たい輝きを放っていて、それなのにヘッドから柄に至るまで流水のような装飾が施されて、無骨なフォルムの中にまるで美術品のような美しさがあるだろう？」

「お、おう。まぁ確かに綺麗だし分からなくもないが、ハンマーだぜ？　武器なんだから、使わないでどうするんだよ。何のためのハンマーだと思ってるんだ」

「観賞用？」

「観賞用……だと？」

ミノさんは今度こそ意味が分からないという顔で完全にフリーズしてしまった。仕方がないので観賞用のハンマーというジャンルについて詳しく説明してあげようとしたのだが。

「あー、だからルイ、宿屋の部屋の机に飾ってニヤニヤしながら見てたんだ」

「うおっ⁉　なんだ？　妖精⁉　いや、天使？　また珍しいもん連れてるな」

エリエルが現れた。ちっ、いざこれから布教《ふきょう》しようという時に、邪魔なやつだ。

「こんにちは！　私エリエル。ルイの天使だよ。あのねおじさん、この人変なんだよ。私もグレートディア戦の時に『アクアハンマー使ったら？』って言ったんだけど、さっきみたいに、もったいないって言って聞かないの」

「あー、あのな坊主。観賞用とやらは分からんが、属性付きのハンマーは使ってなんぼだ。例えば火属性のハンマーなら炎をまとわせることで延焼《えんしょう》ダメージを与えたり、風属性なら風を操《あやつ》ったりとかな。そっち方面の熟練度や経験もいずれ必要になるだろうから、今の内から使って、使いこなせるようになっておけ。その方がお前のハンマーも喜ぶだろうよ」

「‼」

何ということだ。俺は、あまりに美しいからこれは観賞用に違いないなどと勝手に思い込み、さらには大切に愛《め》でるあまり、逆にこいつから戦う喜びを奪ってしまっていたのか！　何ということだ！　……アクアハンマーよ、悲しい想いをさせてしまい、本当にすまなかった。これからは存分に活躍してくれ、共に戦おう！

「ね？　何かべっこり凹《へこ》んで這いつくばったり、変な顔でアクアハンマーを撫でたかと思うと、急に天に掲げたり、変でしょ？」

「あぁ、まだ若いのに、可哀そうに」

外野がうるさいが、今後はアクアハンマーも使っていくことにしよう。もちろん木のハンマーも修理してもらい、引き続き相棒として活躍してもらうつもりだ。

それから数日はワイルドボアとグレートディアの討伐をメインに活動した。レベルも十になって一区切りついたし、そろそろシェット君とラフさんも治った頃かな、と思ったので、久しぶりにビアデ牧場を訪ねてみることにした。

「ルイ君！　来てくれたんだね」

「ルイさん！　来てくれたのね、さぁ、入って入って。ちょうど午前のお茶の時間だったの」

牧場に到着して建物の外から呼びかけたら、物凄い勢いでビアデさんとラフさんが現れ、あっという間に室内に攫われた。お土産のハチミツパンを渡すと、早速薄切りにして焼いたものを出してくれて、お茶の時間だ。

「お元気そうで何よりです。ラフさんも、シェット君も」

「おかげさまでね。シェットはもう完全に大丈夫だ。ラフはもう少しかかるかな」

シェット君は十歳くらいの犬獣人の男の子で、好奇心旺盛《おうせい》な感じの瞳に浮かべる表情からは快活《かいかつ》な印象を受ける。初めて会うけど、最近まで病気だったとは思えないくらい元気そうだ。

ラフさんはまだ少しだけ桜模様の斑点があり、黒目にも薄っすらと灰色のもやが見えるが、俺の見立てでも順調に回復しているのは間違いない。

「それは良かったです。薬を最後まで服用すれば、ラフさんもすぐに良くなりますよ」

「ありがとうね、本当に」

「もうお礼は大丈夫ですよ。私は配達しただけですから」

「それでも、ね」

「いや、ルイ君。敢えて聞くけど、本当はあの薬、君が用意してくれたんじゃないかな？」

ビアデさんの急な一言に、思わず息を呑む。何故？　どうして分かったんだ？

「……どうしてそう思われるんですか？」

「私も色々と調べたんだよ。ラフの目が何とかならないかと思ってね。桜眼病の薬の材料のひとつはグレートディアの素材だけど、あの魔物はとてもレアでね。薬や素材が余ってるなんてことは考えにくい。しかも、ルイ君が病気を知ってから数日で持ってきてくれただろう？　特殊な薬だから、最初から持っていたとも考えにくいし。色々考えると、ね」

うーん、だめだ。バレてる。そりゃそうだよね。身近な人の重い病だもの。俺よりも長い間、悩み、調べて、詳しいはずだよね。観念して頭を下げる。

「嘘をついてすみませんでした。受け取っていただけないんじゃないかと思って……」

「いや、こちらこそ。気遣ってくれたんだろうということまで分かった上で、あばきたてるような真似をして本当に申しわけない。恩人に対してどうか、とも思ったんだけど。それ以上に、君自身にちゃんとお礼を言いたかったんだ。だから敢えて明らかにしたかった、どうか許してほしい。改めて、本当にありがとう。本当に、ごめん」

頭の下げ合いみたいになったけど、お互いに好意でやったことだから水に流しましょう、と笑いあって終わった。

「そこでひとつ提案があるんだ。提案というかな、受け取ってほしいお礼なんだけど。ルイ君は冒険者だろう？　ウチの自慢のポワ・クルーを一頭、連れていってくれないかな」

「ポワ・クルーって、騎乗できる鳥のことですよね？　実物は見たことないんですけど」

「そうだよ。馬や馬車を使う冒険者もいるけど、厩舎が必要になるし、色々と旅に制限がかかるからね。騎獣《きじゅう》を持っている人は多いって聞くよ」

ビアデさんいわく、魔物由来の騎獣はエリエルのようなシステムになっているようで、冒険者がオフにしている時は異なる次元の似た世界で勝手にのんびり休憩しているそうだ。いつでも乗れて、普段は別世界で休憩してくれるならこんなに助かる乗り物はないだろう、けど。

「いただけるならありがたいですけど、貴重なんじゃないですか?」

「もちろん貴重ではあるけど、私たちの感謝の気持ちは、とてもじゃないけど表しきれないくらいなんだよ」

「他にも何かあればと考えたんだけど、冒険者ならこれが一番かしらって。話し合った結果なの。受け取ってもらえない?」

「乗り方なら、僕が教えてあげられるよ!」

三者三様、それぞれの言葉で奨《すす》めてくれる。旅を続ける上で非常に助かることは間違いないので、その御礼を受け取ることにした。

「ありがとうございます。それでは、お言葉に甘えさせていただきます」

「乗るのには少しコツがいるから、時間の都合が良ければ、しばらくは毎日ここに通うといいよ。一週間もあれば旅に不都合を感じないくらいには乗れるようになるから」

こうして、この先一週間の予定が決まったのだった。

ポワ・クルーは大きな鳥の魔物だ。小さめの馬くらいの大きさで、全身豊かな羽毛《うもう》に包まれている。性格は個体差もあるが活発なものが多い。空を飛ぶことはできないがとても体力があり、地上を長距離移動するのに適している。その上、従順《じゅうじゅん》で忍耐《にんたい》強く、時には勇敢《ゆうかん》な振る舞いを見せることから、騎獣として重宝《ちょうほう》されているんだとか。

今日は訓練初日。おおよそ指定された時間にビアデ牧場に到着したところ、ちょうどシェット君が朝の放牧に向かうところだった。ちょうど良かったということで同行させてもらって、まずは相棒選びだ。

なおエリエルは今日から姿を見せている。ビアデさん一家は信頼できると判断したのもあるけど、一週間の牧場通いが決まったことを受けてエリエルが「ここそこ隠れたまんまとかヤダ！　せっかくの牧場見学なのに楽しめないじゃん！」などと騒いだのだ。ビアデさん達は少し驚いた様子だったけど、すぐに受け入れてくれた。

ポワ・クルーの小屋は柵に囲まれた広場に面しており、区画された各スペースで放牧や調教が行われるようだ。シェット君が小屋の扉を開けると、次々とポワ・クルーが出てくる。

「おおぉ、可愛い！」

「うわぁ！　可愛いいねぇ」

丸くて大きな黒目、太いクチバシ、鳥らしく頭をふって周囲を見回す様子や、小さく鳴いたり羽をつくろったりする仕草も愛らしい。少しずつ模様も違うし、性格も違うだろうから、選ぶにしても迷うかも？　しばらく見ていたらポワ・クルーの流れが途切れたので全員出てきたのかと思ったら、シェット君が小屋の中を覗き込んでいる。

「またお前かぁ」

「ん？　どうしたの」

「いや、あいつがね」

シェット君が小屋の中を指差すので覗き込んでみると、奥の方に白くて大きな毛玉が落ちている。……動いた⁉　毛玉かと思ったけど、隠れていた頭を持ち上げたので分かった。白いポワ・クルーだ。

「幼鳥の頃の羽毛は白とか薄い黄色でね、成鳥になる頃に今見た子たちのような焦げ茶とかの羽根に生え換わるんだ。けどこの子は大人になっても白いままでね。そのせいか他の子達とも馴染まないし、僕たちにもあまり懐かないんだよ」

「ふむ。近づいても平気？」

「平気だけど、近づき過ぎると攻撃されるから気を付けて。後ろからだと蹴られるし、前からだとクチバシでやられるよ」

了解したと手を挙げて、横からゆっくりと近づく。すると少しだけ頭を上げて、大きな黒い瞳でこちらを見つめてきた。敵意、というよりは興味を持ってくれたことが伝わってくるが、まだこちらのことを警戒しているような雰囲気がある。立ち上がりはしないが、視線は俺の姿を捉えて離さない。

かなり近づけたが、お互いに攻撃はできないというくらいの距離で一旦停止。できる限り優しい声で呼びかける。

「初めまして。俺はルイっていうんだ。君、とても綺麗な白い羽だね。ふわふわで触り心地も良さそう。触ってみたいんだけど、いいかな?」

警戒は解いていないが、拒絶している様子はない。むしろ少しだけ身じろぎして、「どうぞ」と言わんばかりにその大きな翼を浮かせてくれた。そろりそろりと近づいてみるが、攻撃してくる気配もない。怖がらせないようにゆっくり、ゆっくり近づいて手を伸ばし……触ることに成功した。

「うわぁ、柔らかい!　ふわっふわだ!」

予想以上だった。驚かせないように感想も小声だが、ダイブして埋もれたいお布団くらい魅力的な手触りだった。そんなことをしたら二度と触らせてくれなくなるだろうから我慢するけど、この触り心地は反則だ!

「ずルイ。でも怖い。でも触りたいぃー」

「エリエルは、もう少しこの子が落ち着いてからな」

そう言ってしばらく堪能《たんのう》していると、突然ポワ・クルーが立ち上がった。

「ルイ！」

「ルイさん！」

「いや、大丈夫だ」

エリエルとシェット君が警戒を促すが、直接手で触れていた俺には、この動きが攻撃行動のように感じられなかった。俺が喜んで撫でている時も、とても機嫌良さそうにしていたのだ。

ふたりを手で制して様子を見てみると、じっとこちらを見ている。しばらく観察したのち、頭を寄せてきたので、首筋を撫でてやった。やはり不思議と、嬉しそうな空気を感じる。目を細めて、「クルゥ」と小さく鳴いた。

「ルイさん……凄いですね。初めてなのに、この子が懐くなんて」

「うん、なんでかな。最初に目が合った時に気が合いそうだなって思ったんだよ」

「同じボッチだからじゃない？」

「エリエル、あとでアクアハンマーで優しく撫でてやるからな」

「やめて！　べちょってするじゃない！」

相棒はこの子に決めた。能力とかは分からないけど、ファーストインプレッションは大事にしたい。最初に騎獣にした人が名前を付ける風習があるらしく、この子には名前はまだないそうだ。すぐには決められそうにないから今日一晩考えるとしよう。

「シロ、ケダマ、ポワ……ポワポワ、ポワダマ……」

「ルイって、ホントに名前のセンスないよね？」

昨日一晩、エリエルとあれこれ案を出してみたのだが結局決めきれなかったので、ビアデ牧場に向かいながら考えることにした。……のだけど。こういうのって白いとか毛玉とか何かの印象に引っ張られたら、それ以外の発想が出てこなくなるんだよな。それがセンスないと言われればその通りなのだが。

似たような名前にダメ出しされながら歩いているうちに、牧場にたどり着いてしまった。

シェット君に挨拶して、一緒に小屋へと向かう。

今日も他のポワ・クルーが全員外に出た後に小屋の中にぽつんと白い塊が……あれ、そういえばどこかで見たな。こう、真っ白で、表面はツルっとしてなくて、もったりしたこのフォルムは……そう、お土産でもらった！

「かるかん！　かるかんはどうだ⁉」

「……」

「……」

「ルイ、人とか鳥とかの名前っぽくないし、間をとって〝るか〟はどう？」

「るか！　ルカはどうだ⁉」

「自分で思いついたみたいに言い直した⁉」

「クルゥ！」

ルカが少し頭を縦に振りながら、機嫌の良さそうな声で鳴く。

「気に入ったみたいだな。今日からお前はルカだ」

「良かったね。ルイとルカで名前も似てるし、ルイルカコンビ結成だね！」

「そうだな、これからはルカとふたりで頑張っていこう！」

「ちょっと待って。なんだか私が仲間外れになっちゃった雰囲気だよ？　三人で、だよね、ルイ？　ねぇ、ルカ？」

無事に名前も決まったので、予定していた訓練の開始だ。ルカは人に懐いていなかったこともあり、騎獣としての訓練をほとんど進めていなかった。そのため口輪《くちわ》や鞍《くら》など、人を乗せるための道具に慣れるところからのスタートだ。怖い物じゃないぞー、大丈夫だぞー、と言いながら慣れさせ、ゆっくり装着させてみる。最初は少し違和感があるようで気にする素振りを見せていたが、すぐに慣れて気にしなくなった。

やはりルカはこちらの言うことを理解しているような気配がある。とても賢いようだ。

シェット先生の見立てでも大丈夫そうだったので、騎乗してみることになった。

「ルカ、背中に乗せてくれるか？　今のままじゃ届かないから足を曲げて座ってほしいんだが」

「クルゥ？」

「いや、クルゥじゃなくて。そうだな……こう！　こうやって……こう！」

「ぷふー！　ルイ、膝曲げてお尻突き出してんの、何そのポーズ⁉」

「こうしないとルカが分からないだろ！」

「ルイさん、背中をポンポンしてあげたら、自然と足を曲げて座るよ？」

「……シェット先生？　笑いをこらえてないで、そういうことは早く教えてくれてもいいんじゃないか？」

「ふふっ！　ごめんなさい。でも教える前にいきなり変な動きを始めるから」

何もなかったことにして背中をポンポンしてみる。すると意図が伝わったようで、すぐに座ってくれた。よーしよしと撫でながら横に立ち、そのまま跨《また》がってみた。……大丈夫そうだ。

シェット先生が手綱を持って合図をすると、ルカがゆっくり立ち上がった。

「お、おぉぉお！」

「わぁ！　乗れたね！」

「ルイさん、急に動かないようにね。背筋を伸ばして、ルカの背中にできるだけ負担をかけないように。重心に気を付けて」

急に視線が高くなったことで、いつもとは違って見える世界に新鮮な感動を覚える。慣れない高さと姿勢から生まれる不安もあるが、それ以上に見晴らしの良さと暖かいルカの背中が気持ち良い。とても不思議な気分だ。

「うん。初めてにしては良い感じだよ、ルイさん。このままゆっくり引いて回るから、前に教えた姿勢だけ意識して乗っててね」

「お願いします」

少し緊張していたが、ルカが歩き始めるとその緊張もどこかへ行ってしまった。事前に教えられたとおりに姿勢を保ち、下半身で上手にリズムを取らないとルカの背中や羽に負担がかかる。あれこれ試行錯誤《しこうさくご》をしていると、すぐに一周が終わった。

「うん。まぁ大丈夫だと思う。あとはどんどん乗って、経験を積むことだと思うよ。あと二～三周して、今日のところは終わりにしよう」

シェット先生はそう言ったあと、姿勢や乗り方について気づいた点を指摘してくれた。何かを新しく始めた時特有の、上手くできず、早く上手になりたいワクワク感が久しぶりで楽しい。明日からも楽しみだ。


三日目は、まだ上手に乗れなかった。ルカに上手く意図を伝えられない焦りや、慣れない騎乗に対する不安がルカにも伝わっていたのかもしれない。どうしても手元やルカの動きに気を取られて、身体も硬くなっていたように思う。

四日目、ふとした瞬間にルカが頭を振ったのに過敏《かびん》な反応をした俺に、シェット先生がかけた一言で大きく意識が変わった。

「ルイさん。もっとルカを信頼してあげて」

「クルゥ……」

「……そうか。そうだな、悪かった、ルカ」

上手に乗りたいという気持ちや、自分の思い通りにはならないだろうという思い込みが、ルカの動きを邪魔していたようだ。ルカは進んでくれる、曲がってくれる、止まってくれる、俺を落とすはずがない。そうルカを信じるようになってからは、見る見るうちに上達していった。

手元を気にせずに遠くを見れるようになったし、手綱からは余計な力が抜けた。五日目からはゆっくり歩く、ちょっと早歩き、駆け足と徐々にスピードを上げられるようになり、六日目には初めて全速力を出してもらえるようになった。

そんなこんなでシェット君に合格をもらって、長く楽しかった訓練は終了となった。残るは〝契約〟だ。

騎獣は契約することで正式にパートナーとして連れ歩けるようになる。主《あるじ》として、あるいは友として認めてもらうことで契約が可能になるが、中には特殊な条件を満たす必要がある魔物もいるらしい。シェット先生によるとポワ・クルーとの契約は比較的容易で、ある程度の信頼関係を築くことができていれば問題なく契約できるそうなのだが……。

「じゃ、契約してみて。契約は騎獣の方からでも、主人の方からでも、強く意志を示せば相手に伝わるよ。相手が了承の意を示せば契約が成立するから」

「緊張するな。……ルカ、俺と一緒に来てくれ。俺の旅にはお前が必要なんだ」

ルカは何かを感じ取ったようで、今まで見たことのない穏やかな表情を見せた。その直後、

「クルゥーーー」

ルカが天に向かって一声鳴くと、淡い光がルカと俺を包む。

「成功したの？」

「あぁ。『もちろん！　一緒に連れてってよ』だってさ」

「ふふ。良かったね、ルイ」

「これで正式に、ルカはルイの騎獣になったよ。今まで以上に意思の疎通ができるようになるし、別世界でお休みさせることもできるからね。基本的には別世界から勝手に出てくることはないけど、噂では主人の危機を感じて自分から飛び出してきた騎獣もいるみたいだよ」

「それくらいの信頼関係が築けるといいんだけどな。でもルカ、そんな時は危ないから出てきちゃダメだぞ？」

「クルゥ？」

そもそもそんな危機に陥《おちい》らないように俺自身が注意しないと。

さて。初めての討伐、森の探索、騎乗訓練と、この街でも色々なことをやり尽くした感がある。思いもよらず一か月くらいは過ごしてしまい、そろそろ初夏という季節。

次の街に向かう準備を始めようかな？

ビアデ牧場からの帰り道。騎乗訓練修了のお祝いに、久しぶりに宿ではなく街の食堂で夕飯を食べようという話になった。通りを少し歩くと賑やかな喧噪《けんそう》が聞こえてくる少し大きめの店を見つけたので、入ってみることにする。

店内を見回すと、ほとんどの席が埋まっていて大盛況《せいきょう》だ。賑やかな喧噪の中に暖かな雰囲気が漂っていて凄く良い感じ。注文して出てきた料理はエン周辺の野菜が使われていて、どれもこれも美味しい。この店、もっと早く知りたかった！

「で、だ。そろそろこの街を出ようかと思う」

「ふぇ？　いぅいあんぇほんはほほいうぉ？」

「飛ばすな！　飲み込んでからしゃべれ」

「で、急になんでそんなこと言うの？」

「うむ。なんだかんだでこのエンでの滞在も長くなったしな。強さ的にも周辺の適正レベル帯に追いついたし、騎乗訓練も一区切りだし、ちょうど良いと思うんだよ」

エン周辺の適正レベル帯は八～十だ。俺も十になったので、この周辺で戦ってレベルを上げ続けるのは効率が悪い。

「まーね。森の採取も飽きたもんね」

「で、次に向かうべき目的地だが……」

「聞いて聞いて！　なんでも聞いて！　エリエルにお任せだよ！」

「順当に行けば次は領都エットだな」

「え？　なんで分かったの？」

　エンからは俺たちが来たヌル方面と、エット方面に向かう道のふたつだけしかない。さらに、冒険者ギルドの依頼もエン周辺で完結するもの以外は、エット関連の配達や護衛《ごえい》依頼がほとんどだった。

「うん。その通りだよ。転生者たちを導くメインストーリー的にも、エットに向かってもらわないと話が進まないからね」

「なので普通に行けばエットなんだが……」

「なんだが？」

「普通の順番というのもワクワク感がないなーと思ってな」

「何言ってるの！　女神さまが用意してくださったメインルートなんだよ？　みんなに追いつくためにも、最短距離で突っ走らなきゃ。そのために私がサポートしてるんだからね！」

「今のところ食うか寝るか遊ぶかしかしてないけどな」

「これから！　これから本気出すんだよ！」

「まぁその機会は永遠に………ん？」

　ポロン
　急に食堂の喧騒が治まり静かになった。何が起きたのかと周囲を見回すと、食堂の片隅に客の視線を一身に集める存在がいた。ウード？　いやリュートというのだったか。半分に割ったビワの実のようなボディの弦楽器を抱えた小柄な人。ダボッとした青いローブを着て、つば広の黄色いとんがり帽子を目深《まぶか》にかぶっているため、体型も表情もうかがえない。

ポロン、ポロ、ポロ、ポロン……

ギターに似ているが雰囲気の違う、個性的な音が楽器から流れ出す。不思議な音色だな、と聴き入っていたら歌が始まった。この小柄なリュート奏者は、どうやら吟遊詩人《ぎんゆうしじん》だったようだ。

（マナの夕べに　世界の乱れ　空は悲しみ　大地が嘆《なげ》く）

（魔のもの溢れて世界を覆《おお》う　人びと追われて明日を憂《うれ》う）

（八聖《はっせい》現れ　世界を巡る　巡り巡りて　魔をはらう）

（マナの朝《あした》に　平和の訪れ　空は喜び　大地が讃《たた》える）

（八聖　人びとを導く　八聖　幸せを導く）

吟遊詩人が歌う物語は、よくある形式の英雄譚《えいゆうたん》だった。世に悪がはびこり、立ち上がった英雄たちによって平和が取り戻される。地元民には有名な歌らしく、目を閉じて聴き入ったり、中には小さく口ずさんでいる人もいた。

歌い終えた吟遊詩人は食堂の客らの拍手喝采《かっさい》を受け、ぺこりと頭をさげる。そのまま席を立ち、食堂から出て行った。不思議な雰囲気の人だったな。

「素敵な歌だったね」

「あぁ。初めて聴いたけど、物語を歌うって良いものだな。詩人さんの演奏も、声も良かったし。またどこかで聴きたいな」

静寂《せいじゃく》に少しの余韻を残しつつも、徐々に食器が奏でる音や人びとの談笑が増え、ほどなく元の喧騒が戻ってきた。俺たちも元の話題がなんだったか忘れたかのように詩人の歌の感想や、この街の思い出などを話し合いながら食事を楽しむ。そうして夜がふけていった。

◆◆◆

『拝啓《はいけい》、バルバラさま、シンアルさま、いかがお過ごしでしょうか。この頃は暖かくなり、エンの街も少し汗ばむような陽気に』……なんだか固いな。

『バルバラ、シンアル、元気か？　バルバラはちゃんと片付けしてるか？　錬金道具を使った後は元々あった場所に戻すように言っておいたけど守ってるか？　お茶は乳鉢じゃなくて水屋《みずや》箪笥《たんす》の一番下の……』

「何ナニ？　お手紙？」

「あぁ。手紙は苦手だから頻繁に書けないけど、最初くらいは、な。あと、クヌ一家にも書こうと思ってる」

「熊獣人の人たちだっけ？　ハチミツとか好きそうだし、ついでに送ってあげたら？」

「お？　それいいな。好きか分からないけど、バルバラとシンアルにも……ん？　そうか。アラカに頼んでみるか」

「何を？」

「うーん。バルバラは嫌がるかもしれないんだが」

かくかくしかじか。

「まぁいいんじゃない？　本当に嫌なら断るだろうし」

「そだな」

こうして手紙を書き終わり、冒険者ギルドへと向かう。

◆◆◆

「おっと、すまん！」

「あ、いえ、こちらこそ」

ちょうどギルドの入口から出てきた人とぶつかりそうになった、のだが。

半袖ポロシャツのような上半身、チノパンのような下半身とスニーカー風の靴。そしてキャップ型の帽子。腕輪からも明らかに転生者なんだが、何故に運送屋さんスタイル……。

驚きのあまり硬直《こうちょく》してしまったのもあるけど、あっという間に走り去ってしまったので話しかけることもできなかった。先の方に行ったらもっと色んな格好の人いるのかな？

気を取り直して。受付に行く前に、エット行きの護衛や配達依頼があるか確認してみた。護衛は少しあるのだが、どれもパーティ限定か、ソロの場合は高レベル冒険者であることが条件だった。それもそうか。弱いソロの冒険者を雇っても護衛には不安だろうし。

護衛依頼を諦めて配達依頼を探してみるが、何故かこちらは全く見当たらない。いつもはそれなりにあるんだけど。仕方ないからこちらも諦めて、受付へと向かう。

「すみません。手紙の配達を依頼したいのですが」

「あぁ、少しタイミングが悪かったですね。つい先ほど〝ネコ猫〟さんが来たところでした」

「ネコ猫さん？」

「ご存じないですか？　元々配達のお仕事をされていた転生者のみなさんが結成されたクランです。たまに冒険者ギルドや地元民の方の配達を、まとめて引き受けてくださるんですよ」

「あぁ、だから掲示板がすっきりしてるんですね」

クランにも色々あるみたいだ。シンイチが教えてくれたクランは趣味が同じ人の集まりとかだったけど、元の職業が同じ人達が集まるっていうパターンもあるんだな。

女神さまが働かなくてもいい世界を用意しても、やっぱり元の仕事が好きだったっていう人は一定数いるんだろう。格好まで寄せてたくらいだし。たとえ大冒険しなかったとしても、この世界は色んな楽しみ方がありそうだ。

配達をお願いするついでに、エットへの行き方を聞いてみる。街道に沿って進めば馬で二日の距離だそうな。乗合馬車が一日一便出ているから利用すると楽ですよ、とのこと。なお乗合馬車を利用しない単独の旅行者や隊商《たいしょう》も、魔物や盗賊対策のため、乗合馬車に同行することが多いそうだ。ルカもいることだし、俺もこの方法にしようかな。

というわけで、野営《やえい》道具を調達だ。

テントや毛布などの用品の他に食器類、さらに万が一に備えて燃料や水なども買い込んでおいたけど、野営というよりはキャンプ気分でワクワクしてしまい、ついうっかり焼き網なども揃えてしまった。反省。出発の予定も決まったので、ビアデ一家にも挨拶に行った。

「寂しくなるが、世界を旅してこその冒険者だろう。ルイ君の行く道に幸せがありますように」

「本当にありがとう、あなたは私たちの恩人よ。近くに来たら立ち寄ってね」

「ルカと仲良くね。今度会った時には遠乗《とおの》りで競走しようね」

付き合いは短かったけど、ビアデ一家とはとても親密になれたと思う。俺は通いだったけど、短期間のホームステイとかってこんな感じなんだろうか。

旅立ちの餞別にと大量の野菜や乳製品、卵などをもらってしまった。必ず、また顔を出しますねと約束してお別れ。今回はちゃんと、笑顔で手を振ることができた。

明日には、エットへ出発だ。

◆◆◆

乗合馬車が出るのはお昼ごろ。宿をゆっくり出てきた俺たちは門のそばで出発を待つ集団を見つけた。乗合馬車の他にエット行きの商品を積んだ輸送馬車、個人所有と思われる少し豪華な馬車、それぞれに護衛が付いている。

「凄いね。馬車も人もいっぱい！」

「あぁ。これなら魔物も盗賊も襲う気にはなれないだろうな」

豪華な馬車には騎士風の護衛が付いていて高貴な身分の人が乗っている模様。そちらも少し気になったが、特に興味が湧いたのは輸送馬車の方だ。

エン産の野菜類は普通の荷馬車なのだが、中には特殊な魔道具を使用しているのか、周辺に冷気が漂っている荷箱がある。ちょうど中を確認している商人がいるから話を聞いてみた。

「お仕事中にすみません。この箱、魔道具か何かですか？」

「ん？　そうだよ。見るのは初めてかい？　冷やしておかないと悪くなるような品はこの箱に入れてるんだ。この箱はエンで仕入れた乳製品、こっちの方はトヴォ村から運んできた魚だ」

「トヴォ村？」

「あぁ。このエンから北へ行ったところにある漁村だよ。馬車でも一週間くらいはかかる距離だし、エンとの定期便もないんだが、美味い魚が年中揚《あ》がるんだ。トヴォで魚を仕入れたら、途中のエンでも商売できるから、エットに魚を卸《おろ》すにはちょうど良い村なんだよ」

「ほぅ？　周辺の魔物は強かったりする？」

「護衛を雇う時にはエットへ向かう時より、もう少し強い人をお願いしているね」

「ありがとう、参考になったよ！」

これは良いことを聞いたと爽やかな笑顔を浮かべていると、ジト目のエリエルが耳元で囁《ささや》いてきた。こそばゆいから止めてほしい。

「ねぇ、ルイ？　もしかして、気のせいならいいんだけど、一応確認しておきたいんだけどー」

「さ、北へ向かうぞ」

「やっぱり⁉　ダメだよルイ！　領都エットは南でしょ？　そっちは違うでしょ！」

「いや、今の話を聞いたら、どう考えてもトヴォ村だろう？」

「なんでそんな、理解できないみたいな顔するの⁉　女神さまのメインルートがエットなんだから、エットに行かなきゃみんなに追いつけないよ！」

ふむ。これはちゃんと説得しておかないと、あとあと面倒なことになるな。仕方ない。

「いいか？　エリエルにも分かるように教えてやるが。まず、俺たちはお尋ね者だ」

「〝たち〟じゃないけどね。まぁ、うん」

「そんな俺たちが領主さまがいるような街に行ってみろ。すぐに見つかって、あっという間に転生者たちに囲まれて、袋叩きに遭うに違いない」

「うん？　うぅーん。そう、かなー？」

「そうなんだよ。さらにエットは大きな街だ。人も建物も多くてごちゃごちゃしてるだろ？」

「それはまぁ、大きな街だからね」

「エリエルなんか、道に迷ったあげくに悪い奴に攫われてしまうかもしれない。あるいは、よそ見してた人に、うっかり踏まれてプチっといくかもしれない」

「ぅ嘘っそ⁉　怖っ！　都会怖っ‼」

「だがトヴァ村は違う。青い空、広い海、そして気の良い漁師たち。きっと毎日が大漁祭りの大宴会だ」

「大漁……大宴会……」

うむ。あとひと押しだな。

「さらには漁村だ、魚が美味い！　刺身、煮魚、焼き魚、イカ刺しタコ刺しエビとカニ、鯛やヒラメも舞い踊る！」

「おぉーぉ！　何と素晴らしい海・鮮・三・昧！」

「行くよな？」

「うん、トヴァだね。これは仕方ないよ。きっとウニもいるもん」

よし。チョロい。キリッとした顔でよだれを垂らしているが、ウニがいるかは知らないぞ？

説得も成功したところで、エリエルの気が変わらないうちに出発することにしよう。先程の商人さんに高級ハチミツをお裾分けして、トヴァへの道のりをもう少し詳しく聞いておいた。

目印になる川まで出れば、あとは一本道らしい。インベントリには十分な量の食料もあるし、野営の準備もできている。このまま街を出て、北に向かって出発だ。

門を出てから、ルカを呼びだす。

「ルカ、今日からしばらく長旅だ。大変だけど、頼んだぞ！」

「クルゥー！」

ルカは元気に返事をした後、ひとしきり喉を鳴らして甘えてきてくれる。可愛い奴め。ふわふわの羽毛の感触を楽しみながら少し撫で、落ち着いたら乗せてもらい、ゆっくりと歩き出す。

エリエルも飛んできて、器用に俺の肩に腰かけた。

「トヴォは、どんなとこなんだろうね？」

「あぁ。楽しみだな。村もそうだが到着までの旅路もな。初めての長旅だ。何があることやら」

エット方面への大きな道とは違い、馬車一台分の頼りない小さな道だ。だが俺には、この道が何か楽しいことに続いているような気がしてならない。エットに向かうつもりだった朝と比べれば遥かに高まったテンションで、トヴォへの旅が始まった。

～ヌルの街近郊　バルバラ邸

「なんだい、こりゃぁ。ほとんど小言じゃないか」

「ふふっ。それくらい、ルイが心配してるってことだろうね」

「大きなお世話だよ、全く」

そう言いながらもバルバラは大きな目で手紙を食い入るように見つめ、繰り返し繰り返し読んでいる。ふと視線を感じて顔を上げると、シンアルがいつもの柔和な笑みで自分を見ていることに気づき、照れたように手紙を突き返した。

「ふむ。元気でやっているようだね。次は領都エットと書いてある。順調そうで何よりだ」

「一か月もエンにいるなんて、相変わらず、のんびりしたヤツだよ。こんな調子で大丈夫かね」

「まぁルイにはルイのペースがあるだろう。他の転生者と同じ速さで生きることはないさ」

そう言ってシンアルは、乳鉢から茶をすする。ルイの心配した通り、バルバラの部屋は一か月ですでに荒れ始めており、茶器もルイが旅立ってからは使われた気配がない。

シンアルとしては元に戻ったことが懐かしいような、ルイの淹れてくれた茶が恋しいような、複雑な思いだ。バルバラの面倒くさがりにも困ったものだ、などと考えていたら、珍しい気配を感じた。

トントントン
「すみません。バルバラさまのお宅でしょうか」

「おや？　来客なんざ珍しいね」

「確かに。この場所を知っている者は少ないね。どれ、私が出よう」

シンアルが扉を開けると、そこには熊獣人の女の子が立っていた。バルバラではなくシンアルが出てきたことに一瞬驚いたようだが、すぐに安堵の表情を見せる。

「シンアルさん！　こんにちは。それじゃあ、ここがバルバラさまのお宅で合ってるのね？」

「アラカか。こんなところに来るとは珍しいね。さ、お入り」

「お邪魔します」

「なんだ、お前かい。随分大きくなったじゃないか。ウチに来るなんざ珍しいが、何か厄介ごとじゃないだろうね？」

バルバラは怪訝な表情を見せるが、アラカは慣れた様子で深く一礼した。

「お久しぶりです、バルバラさま。今日はお願いがあってまいりました」

「お願い？」

「……」

疑問の表情を浮かべるシンアル、あからさまに面倒くさそうな顔のバルバラ。アラカはそれらを気にしない風を装いながら話を続けた。

「ルイから頼まれました。週に一度くらいで良いから、たまにバルバラさまの家を片付けたり、掃除したり、あと、その日だけでもちゃんとしたご飯を作って、お茶を作り置きしておいてほしいとのことです」

驚きの表情で固まるバルバラとシンアル。突如訪れた静寂を破ったのは、こらえきれないといった様子の、シンアルのくぐもった笑い声だった。

「っふ。ふふっくくくっ。バルバラ、これは、ふふっ。どうやらルイはバルバラのことが心配で心配でたまらないようだよ。本当によく似た師弟《してい》だねっ……っふ、あははははっ」

とうとう我慢することを諦めたシンアルの笑い声が響きわたる。バルバラは相変わらずの無《ぶ》愛想《あいそう》で、アラカは受け入れてもらえるか心配顔だ。

「あのお節介者め。人のことをなんだと思ってるんだい」

「お父さんも、『バルバラさまがお嫌そうなら止めておきなさい、でも受け入れてもらえそうならお願いしておいで』と。私もバルバラさまのお世話ができるならとても嬉しいです。決してお邪魔はいたしませんので、お認めいただけませんか」

真摯《しんし》な表情で申し出るアラカをしばし見つめ、黙考《もっこう》し、バルバラはそっぽを向いた。

「ふん。好きにするがいいさ。どいつもこいつも、物好きなもんだ」

「あ、ありがとうございます！」

「良かったね、アラカ。大変だろうけど、私からも頼んだよ」

そうしてバルバラに受け入れられたアラカの最初の仕事は、乳鉢に注がれたお茶を捨てて、湯飲みに淹れ直すことだった。その日は他に仕事をすることもなく、三人でルイの思い出話に花を咲かせた。

～シンバシ騎士団　クランハウスにて
魔法使いの女が、狩人風の男に詰め寄っている。

「バッカじゃないの、シンイチ。明らかにその子が怪しいじゃない！」

「マリーはそう言うけどな、その時は、今頃メインルート始めるなんて珍しいなーくらいにしか思わなかったんだよ！　ちょっと美形なくらいで、特に怪しいとも思わなかったし」

「せっかくアタシがエンの街に導いてあげたのに！」

「グレートディアの肉が食いたかっただけだろーが！」

「ふたりとも、よせ。今さらここで口喧嘩していてもしょうがないだろう」

タイガが立ち上がったのを慌てて手で制し、シンイチが話を続けた。

「あ、待ってくれ、もうひとつ報告だ。同じエンにまつわる噂話なんだが」

「噂話？　何か関係あんの？」

「麦の灯りを知ってるだろ？　あそこで最近、たまにハチミツパンが売られてるらしい」

「あんた……今このタイミングで、新作パンの話題？」

「いいから聞けって。そのパンは転生者がレシピを教えたって話なんだが、宿の主人が言うことには、その転生者が作ったハチミツパンとプリンが、めちゃくちゃ美味かったんだそうだ」

「何⁉」

「まさか‼」

ややニヤけた呆れ顔で話を聞いていたマリーの表情が急激に深刻さを帯びて引き締まる。冷静に聞いていた様子のタイガでさえ、一瞬で眉間《みけん》にシワを寄せた。

「な、おかしいだろ？　転生者が作った料理を、地元民が『美味い』って言うなんざ、まずありえない。その噂を聞いた転生者たちの間では、ついに生産系スキルを上げる手段がアップデートされたのか。あるいは料理人の職業が解放されたのか、と密かに話題になりつつある」

「それが本当なら、大変な情報ね」

「どちらの予想が正しかったとしても、だな」

「あぁ。でも、俺たちシンバシ騎士団が持つ情報からは別な予想もできるんじゃないか？」

「どういうこと？」

「つまり、だ。もしも宿屋で料理を作ったのが、あのルイ少年だったら？　彼が持っているかもしれない、ふたつ目の腕輪が関係あると思わないか？」

「「っ！」」

「まぁ憶測《おくそく》に過ぎないけどな」

「けど、あり得ない話じゃないわね。あんた、たまに鋭いことがあるし」

「俺は〝いつも〟鋭いんだよ！」

「……ふむ。とりあえず憶測の部分は置いておこう。だが、他のクランの連中も勘付くかもしれん。しかもエットからはメインルートが分岐するから、ここで捕まえられなかったら厄介なことになるぞ。急ごう」

話は終わりだとばかりにタイガが立ち上がる。今度は誰が止めることもなく、三人はクランハウス内のメンバーに招集をかけ始めた。

～天上にて
以前よりは随分顔色が良くなった女神だが、久しぶりに頭を抱える出来事があったようだ。

しかしレナエルからの報告が進むにつれて、困惑の表情が深まっていく。とうとう耐えきれなくなったかのように、疑問を言葉にした。

「なんでエットに行ってくれないの⁉」

「ルイはエンに一か月ほど滞在するなど、通常の転生者とは異なる行動をとっています。理由は分かりませんが。エンからであれば基本的にはヌルへ戻るか、エットに行くしかありません。周辺には小さな集落くらいはありますが、何の目的もなく向かう場所ではないでしょう。やみくもに歩いて旅立つとも考えにくいですが、果たしてどこへ向かったのか……」

「普通はパーティを組んで護衛依頼を受けて、エットまでの途中で魔物や盗賊に襲われて、たまたま領主さまの家族とか教会の偉い人とかを助けて、感謝されて、仲良くなって、メインの連続クエストが発生して分岐していくとかの流れでしょう？」

「えぇ。ルイは見事にスルーしましたが」

「だからなんで⁉」

「理由は分かりませんが」

「レナエル、お願いだからそんな冷静に報告しないで」

普段は有能で頼もしく見える冷静さが、このような場面ではうらめしい。だがレナエルも決して、思うところがないわけではなかった。メガネの位置を整えながら報告を続ける。

「いえ、私も冷静というよりは困惑しているのですが。そもそもルイに関しては他のサポートも上手くいきませんでしたし」

「取引所の件？」

「はい。周回遅れのルイが少しでも早く追いつけるように、取引所で【GW特別企画！　女神さまの取り引き応援キャンペーン！　おウチで眠っている武器防具を高く売っちゃお！】により手数料無料、取引代金上乗せイベントを実施しました」

「そのネーミングセンスはどうかと思うけど、結果的に取り引きが活性化し過ぎて武器防具の価格が乱高下。最終的には高騰しちゃったのよね……」

「人の欲望とは計り知れないものです……」

「エットへの誘導は？」

「護衛はありましたが何故か受けませんでした。宅配はルイが出発するであろう時期から常時多めにギルドに依頼が出るよう調整しておりましたが、ルイが来る直前に他の転生者に全て受注されてしまいまして」

「ネコ猫さん？　働くのが好きって、それはそれで幸せのカタチだと思うけど。でもタイミングゥ……」

机に突っ伏して、およそ女神らしくないだらしなさを見せる。普段はしない仕草からも、落胆ぶりがうかがえる。「うぅー、ぅー」と声にならない声をあげる女神を見ながら、女神さまも少し元気になられたな、などとレナエルが思っていると、女神はガバッと音が聞こえそうな勢いで顔を上げた。

「エリエル！　そう、エリエルは？」

「……ルイがあまり教会に顔を見せていないのでエリエルからの報告も少ないのですが、最後の報告は『ハンカチとかスプーンとか作ってくれた。プリンが凄く美味しかった』……で終わっています」

「地上に降りた天使にお仕置きする方法は？」

「現在開発中ですが、システム的には困難です」

「検証と代案を急いで」

「はい」

会話の途中から急に無表情になった女神と天使は、エリエルへのお仕置きについて幾つかの打ち合わせを行った。当初の主題であったはずの、ルイを他の転生者に追いつかせるための方法については、現状では打てる手立てがなく。またそれよりも優先すべきテーマが発生してしまったため、後回しになってしまったのであった。

第五章　漁師の村

「タイ」

「イカ」

「カ……カツオ！」

「お……追いガツオ」

「ちょっと待って。意味分かんない」

初夏の柔らかい日差しの中、草原の道をゆっくりと北へ進んでいる。エリエルが魚が楽しみだのアレが食べたいだのと騒いだ流れで始めた魚介類しりとりに、突然のクレームが入った。

「なんだよ。追いガツオしらないのか？　カツオ節を追加で投入することで味と香りに深みが出るんだぞ？」

「いやいや、魚介類しりとりでしょ？」

「カツオ節だって〝元〟魚介類じゃないか」

「料理法でしょ？」

「細かいヤツだなー」

「あれ？　悪いの私？　ねぇ？」

などと今はつかの間の平和をと楽しんでいたのだが、そうもいかなくなったようだ。

「ゴブリンか」

「ゴブリンだねぇ」

エンの周辺では街道から外れなければ出てこなかったが、街から離れれば普通に街道付近にもポップするようだ。一気に踏み込んで、魔力を込めたアクアハンマーを振り切る！

……おや？　一撃を食らったゴブリンが青い光のエフェクトになって消えるのはいつも通りだったが、ヒットした瞬間にゴブリンの身体が少し波打ったように見えた。どういうことだろう？　もう少し検証が必要なようだ。

そうこうしながら充実した一日目、平和な草原の旅を終えて、暗くなる前に野営の準備に取り掛かる。街道の横に少しだけ広めのスペースを見つけたので、本日の野営ポイントに決定。

取り留めのない話をしながら初めての野営の夜は更けていった。


「そろそろ川に出るはずなんだけどな」

「もー飽きたよー」

旅は四日目。草原から続いた道は山林へと入っている。かろうじて轍《わだち》が残る山道は木々に囲まれ薄暗く、少し空気もジメジメしている。陰鬱な雰囲気の中で移動と戦闘を繰り返す日々に、エリエルもルカも草原の道行《みちゆき》の元気が少しずつなくなってきた。

そうして半日ほど歩いただろうか。

「水音？」

「川が近いかも⁉」

「クルゥ！」

待ちわびた川の気配を感じて、三人同時に走り出した。

「わぁ、やっぱり、川！」

「おぉ。やっとたどり着いたか！」

「クルーゥ！」

急激に視界が広がったかと思うと、目の前に渓流《けいりゅう》が現れた。

しばしの間、手を入れ、足を入れ、軽食を取りながら疲れを癒《いや》す。目を離した隙にルカが飲んでいたが、体調には問題なさそう。綺麗な水だから大丈夫かな？　俺たちは一応、煮沸《しゃふつ》した方が良いかもしれないけど、飲み水に困った時のために少し汲んでおくか。

休憩を終えたがまだ日が高かったので、そのまま下流に向けて移動する。せせらぎの音も心地良い。景色が変わって気持ちも新たになったこともあるだろう、ルカから降りて足取り軽く進んでいたのだが。

「ルイ、川沿いの岩をコンコンするの止めて？」

「いいじゃないか。木とは違う良い音がするだろ？」

「落ち着かないから、ヤメテ」

アクアハンマーは硬質《こうしつ》な素材なので、岩を叩くと高くて澄んだ音がする。水に浸かった岩は水面に波紋《はもん》を広げるので目にも……ん？

「どうしたの？　急に」

「いや、ちょっとな」

急に歩みを止めて川に近づいた俺を不思議に思ったのか、エリエルが聞いてくる。ふと疑問に思ったのだ。アクアハンマーで〝直接水面を叩いたら〟どうなるのか。お試しなので、少しだけ魔力を込めて水面を叩いてみる。すると。

ボワッワッワッワッワッ！

ビチッ！　ビチビチビチッ！

「おぉ！」

「えぇ!?」

思った通り。いや、これほどとは思わなかったが。威力を増した波紋が、川の中ほどまで通った。川の中から魚が飛び上がり、着水したのち腹を見せて浮いている。驚かせて本当にごめんなさい。けどこの現象は水辺の戦闘では応用が利くかもしれないから、もう少し検証していきたいところだ。

新たな発見があってからしばらくして、川辺にぽつんと人影を見つけた。

「あれは……」

「釣り人、かな？」

釣り竿から伸びる糸から、釣り人であることは分かるのだが。……服装が、転生者であることを大胆に主張していた。釣り糸が激しく躍り、竿が急激にしなる。立ち上がり、力強い動作で竿を上げる釣り人。その瞬間、川面《かわも》から大きな魚影《ぎょえい》が飛び出した！

「魔物⁉」

「危な……銛《もり》ィ⁉」

魚影が大きく見えたのは、釣り上げた魚に魔物が付いてきたせいだった。しかし瞬《まばた》きした次の瞬間には、釣り人が銛で魔物を串刺しにしていた。まさに電光石火《でんこうせっか》といった風で、角のある魚のような魔物はビチビチと跳ねたかと思うと、青いエフェクトになって消えていった。

「おや？　こんなところに旅人とは珍しいね」

大声を出したからだろう。俺たちの存在に気づいた転生者はこちらを振り返ったかと思うと爽やかな笑みを浮かべて、そう言った。

釣り人はバクチョウと名乗った。日焼けした浅黒い肌にキャップ、サングラス、ポケットの多いベストにズボン。いかにも釣り人といった外見だが、ポケットが少し曲がっているのはお手製だからだろうか。やや高い身長に細めの引き締まった体躯《たいく》。笑みを浮かべた様子は近所の優しいお兄さんといったところだ。

「大丈夫でしたか？」

「ん？　あぁ、今のホーン・ギルのことかい？　たまに、かかった魚についてくるんだよ。まぁこれも釣りの一部だね」

「釣りってそんなにスリリングだったかな？」

「この辺りではね」

エリエルも含めて簡単に自己紹介をした後、バクチョウさんは雑談がてらに色々なことを教えてくれた。彼は転生前から釣りが好きで、この世界も釣りメインで楽しんでいるらしい。転生者は戦闘以外が苦手だが、釣りもその例に漏れず中々上達しないそうだ。

「だが、それが良い」

仕掛けにエサを付け直し、再び川面に投げ入れながらそう言う。せっかくだからと俺も自作の釣り竿を取り出し、横に並んで釣り始めた。

「バクチョウさんはこの辺りを拠点にしてるんですか？」

「いや、あちこちを転々としてるよ。久しぶりに渓流釣りがしたくなったから、河口《かこう》からここまでさかのぼってきたんだ。今はここにキャンプを張って、寝泊まりしながら楽しんでるところだよ」

「お邪魔してすみません」

「いやいや。ひとりの釣りも好きだけど、たまには誰かと釣りをするのも良いものさ」

バクチョウさんはクラン〝アングラー協同組合〟に所属している。基本的には個々人で活動しているが、たまにメンバー同士で集まって釣りをしたり、クランメンバー以外の人も参加可能な釣り大会を開催したりしているそうだ。

なお大会に参加したオリエンタルメガネのメンバー内で、サングラスはメガネに含まれるかどうかの論争が勃発。紆余曲折《うよきょくせつ》あった後、バクチョウさんは勝手にオリエンタルメガネの名誉会員に認定されたそうだ。「転生者ってホント色んな人達がいるんだね」とはエリエルの感想だが、今のお話周辺のみなさんは、普通よりもちょっと濃い人たちの集まりだと思うぞ？

その他、この辺りで釣れる魚を教えてもらったり、他の地域での釣りの話を聞いたりなど、話が弾む。しゃべりながらもバクチョウさんはニジマスを中心にヤマメ、イワナなどを釣り上げていく。なお合間合間に飛び出すホーン・ギルは、やはり一瞬で串刺しにしていた。この人、たぶん高レベルの冒険者なんだろうな。基本ソロで釣り場を求めて旅してるって言ってたし。

日が傾きかけた頃、良かったら今日は泊まっていかないかと誘ってもらえたので、お言葉に甘える。バクチョウさんのテントの横にスペースを作り、自分のテントをはる。調理は彼が作ったままにしてあった、石のかまどを利用。もちろん今日のメインは川魚だ。

はらわたを取って串を打つ。塩をまぶしてかまどの横に立てて刺し、じっくりと炙《あぶ》る。こちらは少し時間がかかりそうなので、この間にもう一品、ニジマスのフライを作る。下処理を終えたニジマスに牛乳と小麦粉、パン粉をつけて少量の油で揚げ焼く。俺の手際《てぎわ》にバクチョウさんが驚いていたが、香ばしい匂いに気を取られて、すぐに緩んだ表情を見せていた。

「あぐっ。はふほふっ。あふい！　しょっぱい！　美味ひぃ！」

「だからお前は箸を使えと……いや、こういうのは手に持って食べるのがマストか」

「ふふっ、そうだね」

川魚の塩焼きは割と淡泊《たんぱく》な味だが、香ばしくカリカリに焼きあがった皮とプリッとした身が熱々で美味しい。ニジマスのフライもサクッとした食感がたまらないでき栄えだ。

「いやぁ。普段食べている魚がこんなに美味しくなるとはね。転生者は料理も上達しないが、ルイ君はきっと、とても努力したんだろうね」

「んー、努力もしましたけど。ちょっとズルい事情もありまして」

「君が容姿端麗《ようしたんれい》で、少し耳がとがってることに関係あるのかな？」

「そんなところです」

「もちろんこれ以上、野暮なことは聞かないよ。久しぶりに、こんなに美味しい魚を食べさせてもらえたんだから、ね。でも、みんながみんなとはいかないだろう。興味を持たれることもあるかもしれないし、気を付けてね」

「ありがとうございます」

「けど料理が上達するなら、釣りも上達できるってことだよね。少なくとも僕も、この世界に来た時より今の方が腕前が上がってるんだし。これは日々精進する楽しみができたなー」

　バクチョウさんはどこからか取り出したエールを片手に上機嫌だ。普段、ひとりの時は飲まないそうだが、フライの匂いを嗅いだ辺りから我慢の限界だったらしい。

「釣り好きですねぇ」

「もちろんだよ。確かに転生者は生産系が苦手だけどね。釣りは転生前だって、釣れても釣れなくても、それはそれで楽しかったし。ハードルが上がっても逆にやる気がでちゃう感じだね。他の分野でも料理や加工、一部の人は農業とかにもチャレンジしてるらしいよ。どんな世界でもできるかできないかじゃなくて、その本質というか過程が好きな人ってのはいるものさ」

「Mなの？」

「こら、エリエル！」

「あはは、そうかもしれないね。ふふっMか。上手くいかないのが面白いなんて矛盾《むじゅん》した話をすると転生者の……誰だったかな。あの人に怒られちゃうかもしれないけど。修行とか苦《く》行《ぎょう》とか言う人もいるくらいだし。生産系に手を出す人たちはみんな、我慢強い方なのかもしれないね」

　夕食は楽しいひと時だった。昼よりも饒舌《じょうぜつ》になったバクチョウさんの話が面白く、楽しそうに話すので、食後もお茶とエールで話を続け、ほど良く眠くなったところで就寝となった。

翌朝。

「聞きそびれてたけど、これからどこへ向かうんだい？」

「トヴォ村です。魚が美味しいと聞いて」

「トヴォかー。ちょうど僕も通ってきたところだけど、あそこはなぁ……」

「何か問題があるんですか？」

「問題というほどでもないんだけどね。村人たちが排他的《はいたてき》というか何というか、転生者に冷たいんだよ。教会がないから拠点にするのにも不向きだし。小規模な漁村だからか冒険者ギルドがない、村人が冷たいから個人依頼もない、つまりクエストが発生しないんだ。まあよほどの物好きじゃないと行かない村だね」

「……あらら」

「ルイ！　大漁祭りは⁉　私のウニは⁉」

エリエルが大騒ぎし始めた。気持ちは分からんでもないが、さてどうしよう。考え込んだ俺と涙目になっているエリエルに同情してか、バクチョウさんが続ける。

「いや、確かに魚は美味しいよ。食堂の利用も可能だから、行くだけ行ってみたらどうかな。数年前も訪れたことがあるんだけど、僕がこんなだから、釣りをきっかけに色々教えてくれたりもして。根は悪い人たちじゃないはずなんだよ。でもこの前通った時は余所余所《よそよそ》しくなっててね、何があったのか聞いても教えてくれなかったなぁ」

ふむ。行ってみないと様子は分からないけど、今さら戻るなんて選択肢もないし、そう考えたら迷うことはないか。

「ありがとうございます。せっかくここまで来たんだし、行ってみることにしますよ」

「えぇー!?　エンに戻ってエットに行ってもいいんじゃない？」

「ここまで来たんだ。戻るにしても、美味い魚介類を食ってからでいいんじゃないか？」

「んー、雰囲気の悪い村とかヤだなぁ」

「……お刺身、煮魚、焼き魚！」

「イッカ刺っし、タッコ刺っし、エッピとカニィ！」

「『鯛やヒラメも舞い踊る！』」

「な？」

「しょうがないなぁ」

「君たち、ちょっと変わってるね……」

苦笑いしているバクチョウさん。あなたも十分変わってると思いますよ？

朝食を終え、テントなどを引き払う。

「ありがとうございました。色々と教えていただいて、助かりました」

「いや、こちらこそ。久しぶりに楽しい一時を過ごすことができたよ。ありがとう。僕はあちこちをふらふらしてるから、またどこかで会えると思う。その時は、また一緒に釣ろうね」

握手してお別れだ。別れ際、バクチョウさんから料理のお礼にと、海釣り用の竿や仕掛けをもらった。悪いですよと辞退しようとしたのだが、釣りの普及も僕たちの活動のひとつだからもらってよ、と言われて納得。川釣り用の竿しか持ってなかったから、ありがたくいただいた。

「良い人だったねー」
「あぁ。思わぬところで良い出会いに恵まれたな」
「クルゥ」

転生者としっかり話をしたのは二度目だ。シンイチは戦闘関連のことを教えてくれたが、バクチョウさんからは生産系を楽しむ転生者の様子を聞くことができた。同じ転生者でも、この世界の楽しみ方が全く違っていて面白い。トヴァ村にどんな事情があるのか分からないけど、食事とか海釣りとか、誰かとの出会いとか。少しでも楽しみを見つけられたら良いなと思う。

爆上がりしていた期待のハードルを、ほんの少しだけ下げて、トヴァへと向かう。

バクチョウさんに出会った場所からトヴァ村への二日間。人と会うことがなかった代わりに、川の中から魚人系モンスターのサハギンが結構な頻度で現れた。そのおかげでレベルは十五まで上がり、ハンマースキルのパリィを覚えた。パリィは武器で敵の攻撃を弾《はじ》いたり受け流したりする技術だ。割と応用が利きそうだし、防御系の技は重要だ。積極的に習熟していこう。

徐々に広がる川幅。流れもゆっくりになってきて、山間《やまあい》だったのが徐々に木々の数も少なくなり視界が開けてきた。ほんのり潮の香りが漂ってきた頃、遠くにぽつりぽつりと建物が見えるようになった。

「見えた！　あれじゃない？　トヴォ村」

「やー、やっと着いたな」

さらに進むと河口付近に到着、その河口に寄り添うようにトヴォ村があった。村に外壁はなく、エンやヌルに比べても建物の数が少ない。浜辺には幾艘《いくそう》かの舟があり、網が広げてあったり、干物台があったりと、いかにも漁村という雰囲気だ。ここで間違いないだろう。

「ねぇ、ルイ？」

「うん。まあ、そうだよな」

行き交う人がジロジロと。話しかけてはこないけど、表情からも明らかに歓迎されていない雰囲気。……これはバクチョウさんに状況を聞いていなかったら、ちょっとツラかったかもしれない。食堂らしきものがあったので、入ってみることにした。

「いらっしゃ……何か用事かい？」

「食事はできますか？」

「……適当なところに座んな」

恰幅の良いおばちゃんの対応は、笑顔から無愛想への急降下が顔芸のようだった。気にしない気にしない。粗い造りの木の椅子とテーブルに座り、メニューを見ると和風だ！　コメ万歳！　村を行き交う人たちの服装が麻や木綿の着物に近い感じで、腰帯やふんどし姿の人までいた。日本の昔話風だったから薄っすら期待はしてたんだ、よしよし。

その日に揚がった魚次第のようだが、日替わり定食があったので頼んだ。なおエリエルはお刺身五種盛り定食。

「はいよ。食ったら帰りな」

お礼を言ったら、奇妙なものを見るような顔をされた。実は入店拒否されたらどうしよう、などとコッソリ不安になっていたのだ。塩対応なんて全く気にならないし、ご飯が出てくれば、ありがとうである。

「「いただきます」」

ホカホカと湯気を上げるお米さまが眩しい。おかずはアジフライ！　キツネ色にカラッと揚がり、端が少し焦げて茶色くなっているのもまた美しい。ザクッとかじればジワッと溢れる。アジのうま味が口の中に広がる！　あぁ、美味い……。

味噌汁には海苔が入っていた。お米だけでも美味い、味噌汁だけでも美味い。お米を口に含み、すぐに味噌汁を口に含めば、新しい出会いに完敗だ。あれ……涙が。

「ルイ、ルイ！　お刺身が、美味しい！　お刺身が美味しいよぉー」

「あぁ、あぁ、美味いな。良かったな」

　エリエルは既に泣いていた。食堂内には他に村人も数人いたが、泣きながら飯を食う俺たちに複雑な表情を浮かべていた。泣くほどかと思われているんだろうけど、こちとらこれを目当てに七日間の旅をしてきたのだ。それが美味しいご飯で報《むく》われたのだから喜びはいかばかりかというところである。アジフライひと口と刺身ひと切れを交換して、また喜び合う。刺身も肉厚で、淡泊に思える白身の刺身でさえも濃厚な味わいだった。お米さま一粒も残さず、完食。

「「ごちそうさまでした」」

　久しぶりの和食に大満足して席を立ち、やや困惑気味のおばちゃんに支払いを済ませる。ついでに宿を聞いてみたが、この村には宿はないとのこと。ちょっと予想はしてたけど、仕方がないので海辺にテントでもはるとしようか。

「これからどうするの？」

「そうだなー。とりあえずあの食堂のメニューは制覇するとして、だ」

「確かに美味しかったけど、毎日お魚は飽きちゃうんじゃない？」

「そんなことはないだろ。見た感じ色んな種類の魚が食べれそうだったし。料理法とか味付けも考えたら選択肢は無限だぞ？　当分の間は飽きないさ」

　とはいえ、だ。村の雰囲気がこれでは、あまり長期滞在はできそうにないかもしれない。気分的に。情報収集して早めに次の目的地を検討しとかなきゃだな。「おっ肉〜おっ肉〜」と歌い始めたエリエルを引き連れて村内から海の方へ。昼飯を食い終わって満腹状態なのに、よくそんな歌を歌えるな？

途中の商店で少しの米と味噌、醤油などの食料、調味料をゲット。たくさん買うと村のみなさんに迷惑だろうと思ったので分量はかなり遠慮しておいた。するとここでも塩対応の店員さんが、拍子抜けしたような表情を浮かべていた。どうしたんだろね。

浜辺に到着。波打ち際から覗いてみると、この辺りは遠浅《とおあさ》のようだ。砂浜の奥には磯もあり、色々と楽しめそう。潮の満ち引きを考えて、少し陸寄りにテントを設置。長旅で疲れたし、お腹もいっぱいだし、寄せては引く波の音を聞きながら、ちょっと休憩することにしよう。


「カニ！　あ、エビ！」

「クルゥ！」

休憩を終えてエリエルは磯遊びだ。ルカと一緒に潮だまりを覗いて回っている。食べられそうな食材があったら見つけてくるように言っておいたが、磯の辺りでは大物はいないだろう。まぁ楽しんでくれればそれで良いのだ。

俺はというと、暗くなる前にかまどを用意しておこうと適当な石を探していたのだが。

トン……ビシッ！

コン……ピシッ！

浜辺にごろごろと転がっている石を見て、バルバラの杖術訓練を思い出してしまった。ここ最近、ハンマーメインで戦闘していたので、長杖の扱いが鈍《なま》っていないか心配だった。けれど身体はしっかり覚えていたようで一安心。突く、叩く、正確に、精密に。何度か繰り返して、この修行はハンマーでも応用できそうだな、などと考えていたら、ふいに声をかけられた。

「坊や、面白いことをしているねぇ」

「?」

ちょっと集中し過ぎたらしく、人の気配に気づかなかった。声がした方に振り返るとそこには……何というか素敵なおねぇさんが立っていた。

「転生者かぃ?　こんな辺鄙《へんぴ》な村に、随分と物好きなこと。……どうしたんだぃ、坊や?」

「あ、いえ。なんでも」

「ルイー?　だらしない顔!」

白い着物をお召しなのだが、胸元が大きくはだけておへその辺りまで肌色だ。しかも、何とは言わないが、おっきい。背が高く、長い黒髪に白い肌、和風美人といった雰囲気の人だった。腰帯には魚を入れる魚籠《びく》を下げ、銛を手にしている。

「ん?　ふふ。そうかそうか、わちに見惚《みほ》れてしもうたか。だがお主には、まだ早いのではないか?」

「えぇと、すみません。突然で驚いてしまって。この村の方ですか?」

「あぁ、そうよ。わちは村の外れにひとりで住んでおる。漁師の真似ごとをして暮らしておるよ。お主らは、何をしにここへ？」

先ほどまで柔らかい笑みを浮かべていたお姉さんが、目元にだけ微かに真剣な雰囲気を漂わせて聞いてきた。……のだが、特に隠す理由もないので正直に答える。

「魚が美味しいと聞いたもので」

「……それだけ、かぃ？」

「えぇ。本当に美味しかったです」

「うん。美味しかったねっ」

「ふ、ふふふ。そうか、そうか。この村は海産物で有名だからねぇ。気に入ったなら何よりだ」

元通りの柔らかい表情に戻った彼女はワウミィと名乗った。外見からは分かりにくいが、鳥人族だそうだ。トヴォ村の人は人族ばかりに見えたし、村の外れに住んでいるって言ってたけど、何か事情でもあるのかな？　少し雑談をした後、俺がはったテントを目にして、夜の海は危ないからウチに泊まれと誘ってきた。女性ひとりの家には泊まれませんよと断ったのだが、坊やに何ができるわけでもなしと笑われた。

続けて、わちは強いから、何かしたければもっと強くなってからにせぃよ？　などとおっしゃっていた。もちろん何をするつもりもないし、久しぶりに屋根のあるところに泊まれるのは正直言ってありがたいので、お言葉に甘えることにした。

「おぉ」

「へぇー」

「ふふ、何か珍しいかぃ？」

浜辺から村はずれに向かうと、山の際にワウミィの家は立っていた。いわゆる古民家のような、古き良き日本家屋といった外観で、中に入ると居間の中央に配された囲炉裏《いろり》が良い雰囲気をかもしだしている。端の方には……網とか、漁具が……散らかって……。

「ワウミィさん？」

「ワウミィで良いぞ？」

「ワウミィ、ちょっと片付けと掃除して良いか？」

「何？　あぁ、その辺りのものは、じきに使うから……」

「ちょっとだけ、ちょっとだけで良いから！」

「ねぇワウミィ、ルイは片付けないと生きていけない、深刻な病に罹《かか》っているの」

「……何とも珍妙《ちんみょう》な病じゃな？　まぁ片付けくらい、好きにするが良い」

「よし許可とった！　ちょっとどいててくれ。あ、漁具は指示だけ頼む」

◆◆◆

「ふぅ。満足したぜ」

「お主……涼やかな見た目のわりに、意外と強引じゃな」

「家事とハンマー以外は、まともなんだけどねー」

久しぶりに家事ができて大満足だ。掃除については、まだまだやりたい所があるけど一応ここで一区切り。さてと……おもむろにアラカのエプロンを装着する。

「家事をさせてもらえたお礼に、夕食を作って差し上げよう」

「わちは妙なものを拾ってきてしまったのかもしれん。……少しうかつだったか？」

「あははっ。ワウミィ、妙なものには違いないけど、ルイの料理は期待して良いと思うよ？」

村で調味料も調達してるし、久々の和食だ。何作るかなー。


「お主、このまま、わちの婿《むこ》になるかぃ？」

「ぶふぁっ！」

「ひぃやー!?　汚いぃ！」

「えほっ！　えっふぉっ！」

「ふっふふ。まあ半分は冗談よ。とはいえ掃除や片付けだけでなく料理も上手いとはの」

「もー」

トントン
「エリエル、ずまん。ありがどう」

エリエルに背中をトントンされて、ようやくしゃべれるようになった。お礼に、汁まみれになったエリエルをハンカチで拭《ぬぐ》ってやる。

「口に含んだ瞬間の冗談はやめてくれ」

「ふふ、すまんすまん。それほど驚くとは思わなんだよ。だが、わちの魚をこれほど美味い料理にしてくれるなら、今晩だけとは言わぬ。しばらくの間はウチで寝泊まりして良い。代わりに当分の間、お主の料理を食べさせておくれ」

ワウミィの本日の釣果《ちょうか》は鯛だったので、湯引きとあら煮にした。ただの刺身にひと手間加えただけだし、あら煮も下処理を丁寧に行ったが特別なことはしていない。しかしワウミィは普段そこまで細かな調理をしていなかったようで、いつもの魚が驚くほど美味しくなったと喜んでいる。この村にはもう少し滞在したかったので、お言葉に甘えたいところだが……。

「んん？　あぁ、村の者に冷たくされたか。まあ、そうよの。良い顔はするまいな。けれど、わちならお主を泊めても問題はなかろうよ」

「ワウミィが良いならいいんだけど。でもなんで村の人たちは転生者に冷たいんだ？」

聞いても良いか迷ったが、バクチョウさんも不思議そうにしてたし、俺自身も村人たちの態度に何か違和感のようなものを覚えた。何となく、本当のところは悪い人たちじゃないように思えたのだ。ワウミィは少し考える素振りを見せたが、ややあって話してくれた。

「ふむ、まぁ話しても良かろう。数年前、転生者が頻繁に、この村を訪れた時期があってな。その多くが海産物を買い占めたり、食堂の食事に文句をつけたりしたのよ」

「あぁ……迷惑なタイプの。でも食堂の食事は美味しかったけど？」

「さて、詳しいことは知らぬ。だが村の者は漁師じゃ。根は良い奴らじゃが気性《きしょう》の荒い者も多いでな。やがて諍《いさか》いが起こるようになり、転生者全体を目の敵《かたき》にするようにもなり。その内、転生者の方も村を訪れなくなって、余計に疎遠《そえん》になっていったというわけよ」

「なるほどねぇ。転生者も、みんながみんなルイとかバクチョウさんみたいじゃないんだね」

「まぁな。同じ転生者としては、ただただ申しわけない」

両手を膝について、頭を下げる。ここでワウミィに頭を下げても村の人たちへの謝罪にはならないが、気持ち的にそうしたかった。ワウミィも気持ちは理解してくれているようだが、ひらひらと手を振りながら話を続けた。

「お主が気にすることもあるまいよ。ただ、今は時期的に、もうひとつ理由があってな。この村の海には、およそ十年に一度、恐ろしい魔物がやってくる。倒せなければ向こう数年の間は不漁となるから、村の者にとっては死活《しかつ》問題じゃ。今年はその兆候《ちょうこう》があるから、余計にみな、ピリピリしておるのじゃろ」

「ルイ、相変わらず間が悪いね」

「転生して治ったと思ってたんだけどな。でもおよそってことは今年じゃない可能性もあるんじゃないか？」

「初夏から夏にかけて、この村の浜には毎年必ず海ホタルが産卵に訪れる。魔物に襲われる年は警戒してか、海ホタルが訪れないのじゃ」

「で、今年は見かけない、と」

「うむ。魔物は夏の始まりを告げるかのように現れる。この様子なら遅くとも、あとひと月というところであろ」

海ホタルはこの世界特有の生き物だ。地球にもウミホタルというミジンコサイズの生き物が存在するが、それとは異なり、蛍と言えばと想像するあの昆虫の海版だそうだ。蛍は綺麗な小川や田んぼの近くに生息しているが、この世界では海ホタルがいるのは良い海の証とされている。夏の風物詩《ふうぶつし》なのも共通で、乱舞《らんぶ》する光景は、それはそれは美しいそうな。

「魔物は村人みんなで討伐するの？」

「いや、エリエル。村人たちはあくまでも漁師。銛の扱いには長けておるが、レベルが低いしスキルも持っておらぬゆえ戦力にはならん。けれど、漁ならできる。村人が浜におびき寄せ、追い込んだところを、わちが倒すのじゃ」

「ワウミィが？」

「そうよ。これでも冒険者でな。十年前の前回は不在にしていて倒せなんだが、わちのレベルなら倒すこと自体は容易《たやす》いこと。ただ、ヤツが沖にいる間は有効な攻撃ができん。浜まで村人たちにおびき寄せてもらわねば倒せぬのよ」

「……その戦い、俺も参加していいか？」

「坊やが？　やめとけやめとけ。参加する理由もなかろうし、何よりお主はまだ弱い」

ワウミィは、またもひらひらと、今度は先ほどとは違う意味合いで手を振りながら答える。

まだレベルが足りないか？　だが、俺には参加したい理由がある。

「転生者のみんながみんな悪いわけじゃないって、村の人たちに知ってほしいし。レベルなら、これから上げる。頼む、参加させてくれ」

「む」

ワウミィは俺の顔を見て、眉根《まゆね》にシワを寄せて少し困った顔をした。興味本位や冗談で言っているわけじゃないと分かってくれたのだろうか？

「本当に、妙なものを拾ってしまったかの。けれど、今は許可してやれん。わちが修行した場所を教えてやるから、明日から行ってみるといい。ヤツが現れるまでに強くなれたら、考えてやろう」

「本当か！　ありがとう、ワウミィ！」

「ふふ。忘るるな？　強くなれたら、じゃから、の？」

そう言ってワウミィは優しく微笑んだ。

テントではなく屋内で、地面の上ではなく板の間に布団を敷いて寝ると、心地良い安心感に包まれる。おかげさまで、気持ちのいい目覚めだ。

ワウミィは普段、漁船や海女《あま》さんの乗り合い船に同乗して手伝ったり、合間に釣りをしたりして生活しているそうだ。今日は海女さんの船で海の上とのことだったので、朝食に合わせて弁当を作って持たせた。おにぎりと卵焼きだけのシンプルな弁当だったが喜んでいた。一緒に家を出て別れ際に「行ってらっしゃい、気を付けてな」というと「やはり婿に……」などとつぶやいていたが聞こえなかったことにする。

「早速行ってみるの？」

「あぁ。敵の強さも分からないし、今日は下見だけになるかもしれないけどな」

これから向かう狩場の適正レベルは二十から三十相当。俺はまだ十五なので正直かなり厳しいとは思う。だが強敵である分、経験値も多いだろうから、短期間でのレベル上げにはうってつけだ。チャレンジしてみる価値はある。

「でもなんで大型の魔物の討伐に参加するの？　ルイが参加しなくてもワウミィなら倒せるんでしょ？　それに、村の人たちが転生者を嫌ってても、ルイが他の村に行ったらお関わりすることもなくなるのに」

「んー、そうだな。確かにエリエルの言う通りなんだけど。でも一部の人が原因でいがみ合いが始まって、大半の人が不幸になったままなんて、なんだかモヤモヤしないか？　少なくともこういうのを放っておいて先に進んだら、この先も心から楽しめないと思うし」

「まあレベル上げ自体は賛成だよ？　ルイが他の人たちに追いつくためには必要なことだからね。でも、寄り道し過ぎじゃないかなー」

「いいんだよ。むしろこれが俺のメインルートだ」

「ふふっ。困ったルイだね」

そう言いながらもあまり困った様子ではないエリエルと話しながら、ワウミィの家の裏手の山に続く、細く長い階段を上る。土に木を組んだだけの粗末《そまつ》で、割と急なそれを上まで上りきると、小さな神社があった。境内《けいだい》は綺麗に清められており、社もきちんと手入れされていることが窺える。

そもそも漁は危険が多いので、海上の安全祈願《きがん》は欠かせない。さらに生き物を獲ること、大自然が相手になること、様々な理由から漁師は比較的信仰心《しんこうしん》が篤《あつ》く、縁起《えんぎ》を担《かつ》ぐ者が多いのだ。もちろん豊漁《ほうりょう》祈願、子孫繁栄など様々な願いを込めるという側面もあるんだろうけど。この社もそういった類のものなのだろう。きっと村の人が大切にしている場所なんだろうな。

「わぁ！　ルイ、見て見て！　後ろ！」

「ん？　……おぉ！　これは絶景だな」

エリエルの声につられて振り返ってみると、湾内の様子が広がっていた。河口に寄り添う漁村の風景と、押し寄せる波や行き交う舟といった海の風景。空には鳥が舞い、海面には陽光がきらきらと反射している。それらが重なり合って、絵画のように美しいひとつの光景を織りなしていた。周辺に高台は見当たらないから、この村一番の景色なんじゃないだろうか。

湾の隅々まで見渡せるこの社の神さまは、この場所からトヴォ村と海を見守ってくださってるのかもしれない。ならばとお参りしておきたいところなんだけど、あいにくお供えになりそうなものが手持ちにない。……仕方がないから昼食のおにぎりをひとつお裾分けしよう。昔話とかではお地蔵さんとかにお供えされたりもするし、まさか怒られるということもないだろう。

(村のみなさんが無事でありますように、あと俺の狩りが上手くいきますように)


「ねぇねぇ、何をお願いしてたの?」

「ん? そういうのは、口に出したら願いが叶わなくなるんだぞ?」

「えー? 何それ。大丈夫だよ。ここは分社だろうけど、大元の竜神さまも大枠では女神さまの眷属《けんぞく》だし。報告を上げて、正当な願いなら叶えてくれるでしょ」

「何そのシステム。というか、そういう無粋《ぶすい》なネタばらしはやめてくれるか?」

こういうのは対価を払って利益を得るとかではなく、純粋に祈り、願う行為だけで成立してるものだと思う。神さまに具体的にどうにかしてほしいという願いごともあるだろうけど、海上安全の他、例えば家内安全、無病息災《むびょうそくさい》などはその典型的な類だろう。俺の狩りの願いは、また別の話で、こちらは決意表明。気合いの入れ直しみたいなものだ。

「意外とロマンチストなんだねぇ」

「ゲームシステムとかギブアンドテイクとか、なんでもそんななら楽しくないだろ？」

「んー、なるほどなー。何とかランドの裏側とか、着ぐるみの中とか知りたくないタイプ？」

「中に人などいない。絶対にだ」

大切だがどうでもいいことを話しながら、社の横を通り抜けて神社裏の森に分け入ると、すぐに視界が開けて広い池に出た。いや、浅い感じなので沼というべきか？　たぶん俺でも膝丈くらいだろう。何故深さが分かるかというと、沼の全域に膝丈くらいまで足を浸けた半魚人、半魚人、半魚人、時々赤い何かがいるから。そう、ここはサハギンの棲《す》み処《か》なのだ。

「ほぇー、凄いね。倒したい放題？」

「あぁ。これならレベル上げにピッタリだ」

気をつかってか小声で話しかけてくるエリエルに、こちらも小声で応じる。この場で待機するかオフになるように指示したが、「ここでちゃんと見ててあげる」とのこと。微妙によく分からないけど、見守ってくれる的な何か？　ありがとう。

「プロテクション」

自身の防御力を上げる魔法をかける。バルバラから仕込まれた魔法はMP不足などで使用できなかったが、ここまでのレベル上げによってヒールやプロテクションなどの初級魔法くらいは使えるようになっていた。さて、サハギンの狩場、試してみますか。

今の俺のレベルだと、サハギンを同時に相手にするには最大でも二匹。三匹同時は無理だろう。沼の外縁《がいえん》から、足元の小石を拾って慎重に、慎重に見極めて、投げつける！

上手くヘイトを稼げたようで、少し離れたところにいる他のサハギンは気づいていない。石が当たってざばざばと音を立てながら寄ってきた一匹を、アクアハンマーで手早く仕留める。

「どう？　やれそう？」

「あぁ。この調子なら大丈夫そうだ。暇ならオフでのんびりしてて良いぞ？」

「んーん、大丈夫。ルイが楽しそうにハンマーで殴打してるのを見てるよ」

「もう少し言葉を選んでくれるか？」

相手の方が高レベルなのと、ひたすら戦えることから、経験値的にかなり効率が良い。今日一日でレベルは三つ上がり、十八になった。とはいえ慎重に戦うのは神経を使うし、さすがに疲れたので今日は早めに切り上げて帰る。

ついでに神社にお供えしたおにぎりを回収しようとしたのだが、綺麗さっぱりなくなっていた。野生の動物に餌付けすることになったら良くないだろうから、お供えを続けるならワウミィに塩とか酒とか相談するか。などと考えながら背を向け、社を後にしようとしたところ、

（甘露《かんろ》……）

何か聞こえた気がする。社に振り返っても誰もいないが、おにぎりを気に入ってもらえたのかな？　明日以降もお供えはおにぎりにしてみるか。

「戻ったぞ」

「おかえり。勝手に夕飯の支度してるぞ」

「……くっ、良い匂いじゃ。長くひとりで暮らしていると、『行ってきます』やら『お帰りなさい』だけでも心にクるというのに、夕飯の香りで出迎えられた日には、わちが陥落《かんらく》しても仕方あるまい、の？」

「何が『の？』か知らんが。あぁ、すまない。先に風呂も使わせてもらったぞ」

「‼　湯上がり……だと⁉　お主、この上、わちをどうするつもりじゃ！」

「何を興奮しているのかさっぱりだが、良いから綺麗綺麗になってこい。湯上がりには、ちょうど夕飯もできあがるだろうから」

「末恐ろしいやつ……」

　なんだかぶつぶつ言っていたが、ひとまず大人しく引っ込んでくれた。今日の夕飯はサバ。サバは秋が旬だが、何故かワウミィ家の保管庫で見つけたので味噌煮と塩焼きにしてみた。

「「いただきます」」

「サバのうま味と、そのうま味を吸った米。ネギもまた格別に合うし、何とも堪らん。味噌煮も甘やかで、口の中で柔らかくほどけていきよるわ」

「お気に召したようで何より」

「サバうまー！」

「お前はもう少し、コメント力を磨け」

今日も賑やかな夕食だ。昼間の海女漁の様子が話題にあがったので自分では潜らないのかと聞いたら、意外なことにワウミィは泳ぐのが苦手だそうな。普段とは違う可愛い感じの顔でそっぽを向いてたが、別に恥ずかしがることはないと思うんだけど。

話題を変えるように狩場について聞かれたので、何とかなりそうだという話をする。こちらは納得の表情。レベル的には無理そうでも、浜辺での石割りを見ていて何となくいけるだろうと感じていたらしい。

「あそこで通用するレベルになれば、あやつとの戦いで戦力とは言わないまでも、足手まといにはなるまいよ。間に合うか分からんが、励むと良い」

「あぁ、頑張ってみるよ。ありがとな」

「しかし、長杖で戦うとは奇特なやつじゃ」

「いや、メインはハンマーだぞ?」

「長杖ではないのか? 見たところ技術的にはレベル以上であろ?」

「あぁ、一時期世話になった猫獣人に長杖の扱いを鍛えてもらったんだけどな。職業的にも俺はウォーリアだし、好みの都合上、ハンマー使いなんだよ」

「ふむ、やはり」

「ん? 何が?」

「いや。ま、お主の好みならそれで良い。色々な武器の熟練度を上げておくのは、戦術の幅が広がるゆえ悪いことではないからの。ただ、中途半端にはならないようにすることじゃ」

食後も囲炉裏を囲んでお茶をしながら話をした。ワウミィは流石に冒険者らしく、戦闘や育成に関して、いくつかアドバイスをくれた。経験も豊富で、話を興味深く聞いているうちに、あっという間に就寝時間となった。

◆◆◆

「おばちゃーん、海鮮丼ひとつ！」
「あたしはエビフライ定食！」
「……食べたらお帰り」
「ふんっ」

サハギンの狩場でのレベル上げを始めてから一週間ほど経過した。今日の昼食は食堂だが、二〜三日に一度は通うことに決めている。恰幅の良いおばちゃんの態度は少し軟化《なんか》したかな？冷たくされても通い続ける俺たちに呆れた様子にも見える。今日は調理場から亭主もわざわざ顔を出して、ふんっのひと言。おばちゃんほどじゃないが亭主も体格が良い。元漁師なのか、今も兼業なのか。

村の人たちの冷たい態度にも慣れたというか、ワウミィから事情を聞いてしまったら、ただのツンデレにしか見えなくなったので生暖かい目で見守るようにしている。背景を知ってたら印象ってこんなもんだよね。

「っくー！　刺身がぷりっぷりだ！　味も濃い！　米と一緒に口に入れるとさらに美味い！」

「エビフライもさくさくでジワッ！　っだよ‼」

「残念だな、エリエル。今日は海鮮丼の日だったようだ。このぴちぴち感は、もはや新鮮丼と名前を変えた方が良かったかもしれん」

「はぁ⁉　エビフライこそ正義ですけど何か？　この美しいフォルム、ジューシーな味わい、音がするほどのサクサク感。今日食べなかったら絶対後悔するね。間違いないよ」

「なんだと？」

「やるっての？」

（ひと口ずつ交換）

「あぁー。……エリエル。海鮮丼が至高なのは変わりないが、エビフライも中々。やる時はやるって感じのやる気を見せてる感じだな」

「ルイ、確かにエビフライはサイコーだけど、新鮮丼の、たまには良いところ見せてやろうって頑張ってくれてるところは、まぁ評価してあげても良いかもしれないんじゃない？」

「なんだろね、この子たちは……」

「……ふんっ」

おばちゃんには呆れられているようだが、ここの食堂は素材も良いうえに亭主の腕も良い。

狩場からの移動に少し時間がかかるけど、効率的なレベル上げなんかポイだポイ。むしろ、この料理で午後に向けてのやる気をチャージできれば、プラマイでいえばおつりがくるだろう。

「「ごちそうさまでした」」

食堂を出て、狩場へ戻る。ついでに調味料や夕飯の買い出しも済ませておくことにする。ここ最近、頻繁に顔を出しながらも特段問題を起こしていないせいか、商店のみなさんもそこまで警戒しなくなった。むしろ今日は料理用の酒を頼んだら、店のおじさんが無言で一緒にみりんも出してくれたくらいだ。微妙な変化だけど嬉しい。ありがとうと伝えたら、おじさんは顔をそむけてしまったが。その辺りはあまり気にせずに意気揚々と買い物を済ませ、狩場に戻る道を辿る。

歩き続けていると、遠くに海女さんの集団を発見。その内、若いひとりの海女さんがこちらに手を振ってきたので笑顔で手を振り返す。手を振ってくれた海女さんは別の海女さんに窘《たしな》められているが、キツく怒られているわけではなさそう。

「ルーイ、まーた、だらしない顔！」

「いつもどおりのキリリと引き締まった顔だから、頬をつねるな」

ワウミィは俺を泊めていることを海女仲間に話したらしい。急に弁当など持参し始めたことで、あれこれと追及されたようだ。反応は様々。まだ子どもとはいえ転生者を泊めるのは危ないんじゃないか、とか、遂にワウミィに男が！　しかも年下！　とか。おおよそ、「絶対反対！」という様子ではなかったらしい。ただ、海女さんの口から村中に噂が広まったらしく、中には……。

「おいてめぇ！　まだ村にいやがるのか!?」

「あ、どうも」

浅黒い肌にねじり鉢巻き、筋肉隆々のゴツい裸にふんどし一丁、上は羽織だけの、いかにもな漁師さん。数日前から絡んでくれるようになった。

「とっとと出ていけって言ってるだろうが！」

「えぇ、まぁ、用事が済んだら」

「ワウミィが自分から泊めてるって話だが、指一本でも触れやがったら、ただじゃおかねぇからな！」

「あー、はい。気を付けます」

「けっ！」

会話の端々にワウミィのことが出てくるので、何となくお察しだ。ワウミィ綺麗だしな。怒る気にもなれないし、今も湧きおこる感情と言えば、のしのしと遠ざかる背中を見て、俺もあれくらいは筋肉ほしいなと思うくらいである。

「ＳＴＲ上げたら何とかならんかな」

「あそこまでムキムキしたら嫌だからね？」

ひとまず、お腹もいっぱいになったし、夕飯の買い物も終わったし。細マッチョ目指して午後も頑張るとしようか。

◆◆◆

サハギンの狩場に通い始めてから二週間が経過し、レベルは二十八まで上がった。

二十五で覚えたハンマースキルはムーンサルト。これはかなりトリッキーな技だった。前方下段にハンマーを構え、片足を踏み出しながら敵に背中を向けつつ、地面すれすれに〝後方へ〟振る。遠心力により速度を増したハンマーを後方で縦に振り上げ、そのまま一回転させて前方の敵の頭上に落とすのだ。

一瞬とはいえ敵に背中を見せることになるので隙が大きいが、豪快なスイングなのでカッコいい。積極的に使っていきたいのだが、習熟してスピードを上げて隙をなくしていくか、コンボに組み合わせるか、小技で敵がひるんだ時に繰り出すか、悩ましいところだ。

外縁付近のサハギンではレベルが上がりにくくなった頃から、沼の中に分け入って戦い始めている。中央に向かうにつれて敵が強くなり、ひと回り大きいデカサハギン（仮）や、大型バイクくらいの大きさのデカザリガニ（仮）も出現するようになった。

ここで課題になったのは、ヘイト管理だ。攻撃する以外にも近づく、大きな音を立てるなどの興味を惹く行為や、ヒールを使ったりすると、敵から優先的に攻撃されるようになるのが敵視《ヘイト》である。

例えばパーティで戦う際は守備力の高い盾役《タンク》の職業の者がわざわざヘイトを集めるスキルを使うなどして、自分以外の味方に攻撃がいかないようにすることがある。俺はソロだが、まだこちらに気づいていない敵に気づかれないようにという意味でヘイトに気を使う必要があった。

大きな音を出したり、複数の敵の近くで戦ってしまったりして、時には囲まれてしまうこともあったが、片方の敵だけ攻撃して突出《とっしゅつ》させ、その敵の体でもう片方の敵の進路を塞ぐ。そうして時間を稼ぎながら何とかして一対一の状況を作り出す、といった対応で何とかやり過ごすようにしていた。

第六章　嵐の夜に

「ルイー！　なんだか天気が悪くなりそうだよー！」

「クルーゥ！」

「ん？　本当だ。おー！　一旦戻るわー！」

お知らせに反応して空を見上げると、どうやら雲行きが怪しいようだ。なるほど、昼なのに少し暗いわけだ。集中していたからか気づかなかった。ざばざばと沼をかき分けて外縁へ戻る。

「珍しいね」

「あぁ。久しぶりに雨でも降るのかな？」

雨天の戦いも訓練しておいた方がいいかもしれないけど、なんだか周りの空気が重たいような、妙な胸騒ぎがする。なので、今日のところは切り上げて帰宅することにした。

ぽつりぽつりと雨粒が顔に当たりだす。本降りになる前にと足を速めて家に戻ると、いつもは俺よりも遅いワウミィが、珍しく先に帰っていた。

「あれ？　ワウミィだ！」

「あ、本当だ。帰ってたのか？」

「うむ。漁は中止じゃ。寄り合いがあるゆえ、すぐにまた出る」

「慌ただしいな。天気が崩れそうだぞ？」

「それよ。今宵は嵐。恐らく、明日の夕刻にヤツが姿を現す」

「――‼」

「手筈《てはず》は既に整えておる。今日の寄り合いは最後の確認。ゆえにそれほど遅くはなるまい。お主との話は帰ってからになるが、良いな？」

「もちろんだ。気を付けてな」

「あぁ。夕餉《ゆうげ》は家で食べたいから……」

「分かった。用意しとくよ」

「ふふっ、できた婿殿じゃ」

外はすでに雨が降り出していたため、ワウミィは笠とミノを身に着けて出かけた。そんなに遅くはならないって言っても濡れて帰ってくるだろうし、風呂を沸かして。夕飯も何か温まる汁物にするか。

◆◆◆

「ただいま戻った」

「おかえり。風呂は用意してるから、夕飯の前に入ってくるといい」

「おかえりなさーい」

「うむ、甘えよう」

ワウミィが上がるまでの時間で料理を温めて仕上げる。囲炉裏を囲むタイミングで完成だ。食べ始めの時間にできたての瞬間を合わせるのは意外と難しいが、我ながら素晴らしい段取り力である。

「「「いただきます」」」

湯気の上がる味噌汁を口にしながら、そういえばと思い出して、シンアルがいただきますの時にしていたお祈りを知ってるか聞いてみた。ワウミィは村の外に出たことがあるので知っているが、この村には教会もないのでお祈りの言葉は浸透してないみたい。

女神さまを信じてはいるが、どちらかというと高台の神社の竜神さまにまつわる儀式や風習が深く根付いている模様。明日の魔物退治にもそういった側面があるそうだ。

「さて、レベルは二十八か。ブルサハギンやイザリガも倒せるようになるとはの。さすが、わちが見込んだだけはある」

「あいつらそんな名前だったのか。けど、それなら？」

「うむ、よかろ。ただし、攻撃ではなく回復役を頼む」

「回復役？　ハンマーで？」

「……いや。ハンマーにヒールをのせて叩くこともできようが、杖で普通に頼む」

「俺の攻撃力では、まだ不足だったたか？」

それなりに頑張ってレベル上げしたつもりだったので、少し残念だ。相手がどんな魔物か分からないけど、アタッカーとして貢献する前提だったのだが。

「いや、そうではない。今のお主でも十分ダメージは与えられようが、言ったであろう？　わちなら倒せると。最初から攻撃役は足りておるのよ。むしろ、村人たちに怪我人が出る可能性が高いのだ。年によっては死人も出る」

「「！」」

「前回、十年ほど前のこと。その頃に、世界中で魔物が増えてな。わちは年若いながらもそれなりに戦えたから、村を出て方々の魔物と戦っていたのよ。だが運悪く、ヤツの現れる時期と重なってな。わちが不在のまま村人総出で戦うことになってしもうた。……ひどい戦いだったそうな。みなの力で何とか追い返すことはできたが、多くの村人が帰らぬ人となった。わちも、幼馴染《おさななじみ》を失ったよ」

「……そうか、そんなことが」

「昔のことよ。でも、昨日のことのよう。村に帰ってきたわちを、みなは温かく迎えてくれたが、この十年、わちはわちを許すことができなんだ」

「ワウミィ……」

「要らぬことを言うたな、許せ。お主にはつい余計なことまで話してしまう。ほんに末恐ろしいやつじゃ」

力なく笑うワウミィに何も言ってあげられないが、ワウミィも慰《なぐさ》めの言葉がほしいわけじゃないんだろう。だから代わりに、カラ元気も込めて言ってやった。

「俺に任せとけ！　村人全員、傷ひとつ付けずに終わらせてやるよ！」

「ふふっ。頼んだぞ」

当初の予定とは違うし、職業的にも回復役はミスマッチなのだが。ワウミィによると元々数に入れてない補助要員だし、ヒール自体もそう必要にはならないだろう、とのこと。お役に立ちたいが、回復役は出番がない方が結果的には一番だし、複雑な気持ちだ……。

「さて、そうとなればパーティを組んでおこう。離れて戦うことにはなるが、万が一にも連携する時があるやもしれんし、一定の距離なら経験値も共有されるからの」

「おぉ。俺、パーティ組むの初めてだ」

「ほぅ？　では、ルイの初めてをもらうとするか」

「……なんかヤラシイ」

「手続きは簡単じゃ。冒険者カードの角に印が……そう、その印よ。その印が下に来るようにしてわちに差し出すが良い」

ワウミィも同じように、カードを差し出す。互いのカードが重なったところで澄んだ音が響き渡り、カードが薄く光る。久しぶりにインフォメーションボードを確認すると、無事パーティを組めたことが確認できた。

「なんかこれ、握手してパーティ組むみたいで良いな」

「ねぇねぇ、ルイ！　カードとカードでハート型を作ってるみたいだったよ！　これって、男の人同士なら、うふふふふふ」

「妙な妄想で楽しむのは、どっか遠くでやってくれ」

ちなみにパーティ解散は別の角の印を上に向けて互いのカードを重ねる。お疲れさまのハイタッチのような感じだ。

「パーティは先も少し触れたが、連携の強化や経験値の共有の他、特定の魔法の効果範囲がパーティ限定だったりするなど何かと特典が多い。転生者はメンバーのステータスを閲覧したりもできるそうだが？」

「……ワウミィのステータス、〝？〟とか〝ー〟とかが並んでてさっぱり分からないぞ」

「レベル差があって見えない部分と、わちが意図的に隠ぺいしている部分がある。お主、まだまだわちの婿にはなれそうにないな？」

「婿にはならないけど、どんだけ強いんだ」

「ふふっ。早くわちの全てを見れるよう、強くなっておくれ」

初のパーティ結成も体験したところで、明日の戦いの全体の流れについて説明を受ける。これについては勝手な思い込みで大型モンスター対象のレイドバトルみたいな様子を想像していたのだが。

それはまさしく、漁だった。

◆◆◆

昨夜の嵐が嘘のように凪《な》いだ湾内。

三艘の船が競うように漕ぎだしていった。

風もないが、波もない。

ただただ静かな湾に、櫂《かい》のきしむ音。

時折、水を撥《は》ねる音が生まれては消える。

やがて三艘は奇妙な動きを見せる。

先を争う様子が、先頭を譲り合うように。

譲り合いはやがて、船尾の追いかけ合いになり、
湾の中央で三艘は円を描き始める。そのまま、

「オーラー（ォオーラー）」

「オーラー（ォオーラョー）」

「ォオーラョー（オーラー）」

唄《うた》が始まった。船頭の声に漕ぎ手が応じ、掛け声に合わせて船を漕ぐ。息の合った掛け声のリズムに、船の動きが重なる。

「オカのォ、カカァのォ、ハダカが恋しィ」

「ハマのォ、アマのォ、タニマが恋しィ」

「生きて帰れャ豊漁よォ」

「死なば諸共、竜神さまのォ、御許《みもと》で酒盛りィ、ヨイト（オーラョー）」

船はゆっくりと円を描き続ける。

ほどなく、儀式めいた海上の様子を桟橋《さんばし》で、浜で、それぞれの場所で見守っていた漁師たちが、そろそろと囁くような声を上げ始めた。

船着き場から堤防に至るまで、この小さな漁村にこれほどの船があったのかと驚くほどの数が並んでいる。だが船に乗り込んでいるのは最低限の船頭だけで、漁師の大半は乗船せず、船の近場で、囁きながら海上を睨んでいた。

「ヤーセー（ヤーセィ）」

「ヤーセィ（ソーラヨー）」

囁き声はだんだんと大きくなる。やがて小声、話し声、大声になり、それでも足りぬとばかりに足踏みや手拍子が加わり、唄へと移り変わっていく。

「波切りィ、海割りィ、お前と共にィ。果てなき海のォ、その果てまでもォ」

「お前行くなら、わしゃその先にィ。嵐の海のォ、その果てまでもォ」

屈強《くっきょう》な漁師たちの勇壮《ゆうそう》な祈りは海上から陸へ、陸から海上へ、波のように伝わり、寄せては引く。それは大きなうねりとなって響き合い、湾に満ち満ちていった。

「……凄いね」

湾に面した浜の中央にいたエリエルは、思わず感嘆の声を漏らした。ルイのそばは危険だという理由から船には同乗せず、サハギン沼と同様に遠くから見守っている。そのすぐ横では出番を待つワウミィが海を睨んでいたが、エリエルのつぶやきを聞いて僅かに表情を緩めた。

「うむ。もとより舟歌は船を漕ぐ時に歌われることが多い。漕ぎ手のタイミングを合わせたり、上手く休ませながら漕がせたり、飽きさせないようにしたりとな。あるいは陸への想いを歌詞にすることで、早ぅ帰りたいという気持ちを力に変える、といった意味合いもある」

「カカァのハダカって……」

「ふふっ。もっと品のない歌もあるらしいぞ？　まぁ色の力は強しというところであろ」

「男って馬鹿だよねー」

「何、色を想いに変えれば、女も似たものよ。どうあれ、この儀式の元は休漁明けの解禁日に豊漁を祈願して行われていた祭礼《さいれい》でな。魔物との戦いを漁に見立てて行われるようになったものだ。竜神さまに勝利を願い、魔物の恐怖に打ち勝てるよう祈り、みなで励まし合い、鼓舞《こぶ》し合いながら、やつが現れる時を待つのだ。戦いを生業《なりわい》としない漁師達の、いわば伝来の知恵よ」

「ルイ……大丈夫かな」

「怪我人の元へ急行できるよう、また緊急退避が可能なように足の速い船を用意した。この村で一番の漕ぎ手も付けておる。心配ないさ。仮に何かあっても、あやつなら大丈夫であろう」

エリエルの不安を取り除けるよう、できる限りの優しい声音《こわね》で話すワウミィだが、完全に成功したとは言えなかったようだ。そうだね、とつぶやくエリエルの表情には不安の影が降りたままだった。

◆◆◆

「いいか？　ワウミィが頭を下げて頼むから、仕方なくだからな！　俺の漕ぐ船に転生者を乗せるなんざ、あり得ねぇことなんだからな！」

「あ、はい。よろしくお願いします」

「丁寧な言葉遣いは止めろ！　船の上でちんたら話されちゃ迷惑なんだよ！　いいか、ヤツが現れたら他の船が陣を組む。そいつらの邪魔にならないよう外周を巡って、負傷者が出次第、急速接近。回復したら高速離脱して次の負傷者だ。ヒールを飛ばせる距離はどんなもんだ？」

「そこの船三隻分くらいは届くぞ」

「おう。なら負傷者を見つけたら斜めに切り込むから、丁度いい距離で合図しろ。合図は……」

◆◆◆

儀式が始まる前の打ち合わせを思い出しながら、見よう見まねで声を出し、足踏み、手を鳴らす。漕ぎ手はワウミィのことが気になるマッチョさんだった。ナグロと名乗った彼が村一番の漕ぎ手だったらしい。不機嫌そうに腕組みしながらも、しっかりと打ち合わせしてくれた。

彼や周囲の漁師たちと共に唄い踊っていると、徐々に戦いのことしか考えられないようになってきた。ある種のトランス状態に近いかもしれない。けれど頭は冷静に、手順を再確認し、漁の流れをイメージしつつ、みなの安全と勝利を希《こいねが》う。

儀式が始まってから、もうずいぶん経つが、不思議と疲労は感じない。むしろ不安は霧消《むしょう》して、根拠のない自信が満ち溢れてきた。早く来い、そう焦がれるような気持ちで漁師たちとの一体感を高めていく。

長時間にわたる漁師たちの祈りに呼応《こおう》したかのように、黒く厚い雲がトヴォ村の湾内へと流れ込み始めた。風が強まり、波が高くなり、雨も降り始め、過ぎ去った嵐が舞い戻ったかのような空模様になる。

船は波に翻弄《ほんろう》され、声を上げる漁師たちの顔に、身体に、強い雨が打ち付けられる。それでも、唄は止まない。むしろ大きく、力強く、祈りを、足踏みを、手拍子を。仲間に向けて、己に向けて、ひたむきに鳴らす。

その終わりは予定通り、ただし唐突に訪れる。未だ円を描く三艘に誘われるかのように、湾の沖合に黒々とした小山が、不可思議なふたつの青白い光を伴って現れた。

「現れたな。アングラウ」

ワウミィは穂先が薄っすらと光る銛を握りしめ、ルイにもエリエルにも見せたことのない、獰猛《どうもう》な笑みを浮かべた。

それが、漁の始まりの合図となった。

「「「オオオオォ」」」

漁師たちが一斉に船へと乗り込み、雄叫びをあげながら次々と出航していく。船の半数は右方、残り半数は左方へと分かれ縦列に並んでいく。上空から見れば浜のワウミィを頂点にしたVの字のような陣形だ。湾の中央で円を描いていた三艘は徐々に速度を落とし、互いに距離を取りつつ、舳先《へさき》をアングラウへ向けて横一直線に並んだ。

「「「灯りィ！」」」

三艘に松明《たいまつ》が灯る。打ち合わせの時に雨や波しぶきは大丈夫なのか聞いてみたら、濡れても消えないように硫黄や石灰を混ぜるなどの工夫がしてあると教えてくれた。イカ釣りなどが有名だが、明かりを利用する漁もあるので、こういった知識や技術は漁師の得意分野なのだろう。

「「叩けェ！」」

松明に火を灯した三艘の船上では、漁師たちが続けざまに慌ただしく動く。櫂とは形が少し異なる、先端が平たい長い棒を持った男たちが一斉に海面を叩き始めた。松明の光と波を叩く音で、アングラウをおびき寄せるのだ。

確かに効果はあった。青白いふたつの明かりを灯した黒い小山が、ゆっくりと三艘の方へ近づいてくる。かと思うと徐々にスピードを上げ、見た目にも高く波しぶきを上げて迫ってきた。

「「退けェ！」」

右方の船だけを残し、他の二艘が後退する。右方から左方へ斜め一直線に並ぶ形になると、アングラウは右方に向けて突進してきた。右方の船は海面を叩くのを止め、迎撃体勢へと入る。

「マイトォ！　放てェ‼」

小山の周辺に複数の爆発が起こる。現在の漁では使用が禁止されている漁具だそうだが、これを用いて右方が迎撃。アングラウが右方の船を攻撃してきたら中央の船が銛を投擲《とうてき》してヘイトを稼ぎ、おびき寄せる。

中央の船に寄ってきたアングラウを左方の船が攻撃して引き寄せる。その後は右方の攻撃、左方の攻撃と繰り返し、アングラウを突出させて、最終的に浜へとおびき出すのだ。

◆◆◆

「おおい、次から次へと沈んでくぞ！」

「それでいいんだよ！　元々、古い船や沈没間際の船の寄せ集めだ。普段使いの漁船を戦いに投入しちまったら、生き残っても明日からおまんまの食いあげだからな」

「放り出された人たちは外周の救助船まで泳ぐんだよな？」

「あぁ。その中で負傷した奴を見つけて回復させるのが俺たちの役目……早速かよ！　行くぞ！」

「待てって縁掴むからぁあぁあぁあ⁉」

さすがは村一番の漕ぎ手。ふたり乗りの小さな船とはいえ、負傷者に向けて海上をぐんぐん疾走する。激しく揺れる船と暗い海のせいで見にくいが、船の進行方向に範囲を狭めて目を凝らすと、負傷者を発見することができた。

「発見！　五秒……三、二、一、ヒール！」

「おし！　急速旋回、退避！」

「待てって横Gがぁぁあああぁぁ!?」

ステータスの恩恵による身体能力のお陰で物理的には何とかなっているが、気持ちの面で追いついていない。早いところ慣れないと、先が思いやられる。

「ふん！　大丈夫そうじゃねぇか。次だ次！」

「くそ。泣きごと言ってる場合じゃないか。やってやるよ！」

安全圏ギリギリまで退避しようとするも、すぐに次の沈没船へと向かうことになる。なかなかハードだぞ、これ。雨はそれほど強くないが、目の周りだけ拭って暗い海に再び目を凝らす。

「右舷、二時の方角！」

「どれ……あれか！　掴まってろ！」

長い戦いになりそうだ。

◆◆◆

「今のところは順調……か」

「かなりの数の船が沈んじゃったけど、大丈夫なの？」

「それも予定通りじゃ。漁師たちが沈没覚悟で右翼左翼から銛などで攻撃。順番に攻撃することでヘイトを調整しながらアングラウを左へ、右へと揺らしながら浜まで誘導する。浜は遠浅。この辺りまでくればアングラウも腹が海底に当たって動きが鈍るし、深海へ逃げることもできなくなる。そこを狙って、わちがとどめを刺す」

「確かにアングラウも半分以上近づいて、もうすぐ浜に入るから順調ではあるんだろうけど。でも、なんだか時々変な動きをしてない？」

「変な動き？」

「うん。銛を投げる漁師さんの船に突進するんだけど、時々違う方向を気にしてるっていうか。あの、青白い灯がクッて別の方向に動いてから、漁師さんの船に向かうの。徐々にそのクッていうのがクーウッって長くなってる感じ。しぶしぶ漁師さんの方に向かってるみたい」

「しぶしぶ？　……違う方向を気にする？　漁師のヘイトが足りていない？　だが攻撃はいつも通り、順番に変わりなく……攻撃？　……まさか⁉」

ドッ……パーン！

「ルイ‼」

「しまった！　ヒールヘイトか……何故、気づかなんだ！」

エリエルの悲鳴に合わせてワウミィが走り出す。緊急用に用意していた小船は戦闘の邪魔にならないよう、少し離れた場所にあった。

「船を出せぇ！　船をぉ！」

あらん限りの大声をあげて走るワウミィの頭には、もはや作戦も何もなく。

ただ、あのちょっと変わった優しい少年を助けるため、一刻も早くアングラウのもとへ向かうことだけを考えていた。

～時は少し戻る

「だいぶ浜に近づいたな」

「はぁ、はぁ。それは良いんだが。ふ、負傷者多くないか？」

「確かに、前回よりも多いか？　あのデッケェ水玉を吐き出して攻撃してくるのが厄介だな。だが、お前ぇのおかげで、今のところ死人はでてねぇだろ」

「それは何より。でもこれ以上はキツいな」

「じきに仕上げだ。合図で拘束して、ワウミィに任せて終わりだろ。もうちっとなんだから踏ん張れ」

「あぁ、ここまで頑張って……なぁ？　あいつ、こっち見てないか？」

「ん？　気のせい……じゃねぇな！　緊急退避‼」

ここまでの戦いでは海面から少し頭を出していただけのアングラウが、顎まで露わにする勢いでこちらに突進してきた。二本の角を青白く凶悪に光らせ、巨大な口にズラリと鋭い牙を並べて、溜まりにたまった鬱憤《うっぷん》を晴らさんとばかりに、猛然と迫る！

「間に合わねぇぞ！」

「ちぃっ！　ここまでか。坊主、飛べ！」

「くっ、仕方な……オィ⁉　来るな、来るなぁ―‼」

船を諦めて飛び込もうとした刹那、一艘の漁船がアングラウと俺たちの間に突っ込んできた。

明らかに操船ミスではなく、俺たちを庇おうという意思のある動きだ。当然ながら想定外の対応だったのだろう。船上には多くの船員が残っている。それでも全員が一丸となって操船し、全力でアングラウにぶちかまし……

ドッ……パーン！

大破した。海上には多くの船員が投げ出され、意識を失ったと思われる者もいる。突進の勢いそのままに少し距離を取ったアングラウは旋回し、海上に浮かぶ船員たちを丸呑みにせんと、再び襲い掛かる。

「あいつら！　くそっ、畜生っ、あんだけの数じゃ、間に合わねぇ！」

「ナグロ！　寄せろ！　直接叩く！」

「馬鹿野郎！　お前ひとり行ったところで……」

「いいから早く！」

「……ええぃ、死ぬなよ坊主！」

向こうから接近中だったこともあり、彼我の距離は至近。一旦船尾まで下がり、舳先までのわずかな距離を走って……飛ぶ！

「ハンマー後方一回転、からの……ムーンサルトォォォ！」

助走の勢いをハンマーの遠心力に変換し、光速の縦一回転でアングラウの鼻先に！　全力で！　叩き込む‼

「ヴォァアアアアア！」

アングラウはハンマーの一撃で怯むと共に、悲鳴とも怒りとも思われる濁った大声を上げる。

俺はそのまま海上に落ちるが、これで少しは時間が稼げるはず！

意識のあるものは自力で、そうでないものは近くの漁師が助けてやりながら、先ほど大破した船の乗組員が次々と救助船に回収されていく。

「鉤縄《かぎなわ》ァ！　放てェ！」

さらに幾艘かの船が参戦し、先端に鉤のついた縄を放ってアングラウを拘束しようと試みる。しかし稼げた時間はごくわずかだった。縄を引きちぎりながら、俺の方へと突進してくる。どうやら俺の一撃はかなりのヘイトを稼げた……ってヤバい⁉

口を閉じての突進だったことが幸いした。ハンマーを盾にして何とかガードしたが、アングラウの突き上げるような体当たりをくらって海上高く、吹き飛ばされる。

「ぐぅ、ＨＰ的にはぎりぎりか？　もう一撃くらったらアウト……ってマジか⁉」

かなり高く飛ばされたせいで滞空時間が長く、わずかに考える時間と状況を確認する時間が生まれた。しかし垣間見えた海上には、俺の落下地点に向け、大口を開けて突進しつつあるアングラウの姿が確認できる。

幸いなことに、先ほどの漁師たちは負傷者も含めて救助船に回収された模様。俺が先ほどの戦域から鶴翼《かくよく》の外縁へと斜めに飛ばされたこともあり、眼下に漁船の姿はない。長く続いた総力戦は、ここにきて俺とアングラウの一対一という局面を迎えた。

「もう一撃どころか、海面に落ちた瞬間ぱくりってわけか。こうなりゃ考えるまでもない。残った俺の体力魔力、全てを込めて叩きつけてやる！」

アクアハンマーに魔力を目一杯込める。すると相棒は、淡い水色の光を纏い始めた。光は流れる水のように、ハンマーの表面に美しい模様を描き出す。まるで今の俺の気持ちに応えてくれたかのようで嬉しくなる。

これなら直接当てられなくても、波紋でアングラウに一矢《いっし》報いることはできるはずだし、あとはワウミィが何とかしてくれるに違いない。空中では踏ん張りがきかないため、ハンマーを振りつつ遠心力で回転しながら姿勢を整える。

「死なば諸共、竜神さまのォ、御許で酒盛りィ、だ。付き合えアングラウ！　ディィイイィープ・インパクトォオオォ・ハンマァアアァアァー！！！」

ズ………ドドッ……ドドドドォオオォン

全身全霊を込めて打ち付けたハンマーは海面に大穴を開けた。一瞬の静寂の後、同心円状の波が急速に広がり、勢いそのままに突っ込んできたアングラウと衝突して大爆発を起こす。

「ヴォォオオォォオン‼」

アングラウの巨体が海上高く跳ね上がった。戦いが始まって数時間、初めて見せた全貌《ぜんぼう》は堂々たる異様だ。茶と黒を混ぜたようなヌメりを帯びた身体に、ゴツゴツとした突起。一般的な魚のフォルムとは違うボテッとした体形なのに、魚類とは思えないほどの筋肉質な凹凸《おうとつ》が浮き上がっている。

最も特徴的なのは、今までに数多くの命を奪ってきたであろう暴力的な大きさの口。総じて、その姿は凶悪。それでも、いかに海の強者といえど空中では為す術もなく、今は隙だらけの姿勢で宙を舞っている。絶好のチャンスには違いないのだが、精根尽き果てた俺に追撃の余力は残っていない。夜空を泳ぐアングラウの姿を見届け、海面に落ち、俺はそのまま海に沈んだ。

◆◆◆

「ルイ、ようやった。海の中には届かぬが、今のヤツなら雑魚も同然」

ルイを救出するべく小舟で急行したワウミィは、打ち上げられたアングラウを目にした瞬間、溜めの挙動に入る。

「十年越しの借りを返してやるわぃ！　招雷《しょうらい》！　流星槍《りゅうせいそう》ォォォォ！」

バチバチと音が出るほどに光量を増した銛が、唸りをあげて投擲される。ワウミィの手を離れた銛は、薄暗い湾内に突如出現した巨大な一筋の流星のように、一直線にアングラウを貫き通した。巨体にふさわしい大穴を開けられたアングラウは、びくりとその身体を震わせたかと思うと、峻烈《しゅんれつ》な青いエフェクトを残して消え去った。

湾に降りる一時の静寂、そして――

「「「「ウオォォォォオオォォ！」」」」

漁師たちの勝利の雄叫びが響きわたる。ある者は両のこぶしを天に突き上げ、ある者は両のこぶしを船べりに叩きつけ号泣し、それぞれ思い思いに感情を爆発させた。

「ルイ！　ルイィッ‼」

しかし、その勝利をもたらしたワウミィだけは喜びの一片《いっぺん》も見せず、小船から身を乗り出してルイの姿を探す。夜の海は暗く、すでに沈んでしまったルイを探すのは容易ではない。松明の灯りも思うように通らず、波もあるため、海中の様子を船の上から把握《はあく》するのは至難の業《わざ》だ。

刻一刻と時間だけが過ぎていく中、雲の切れ間から瞬くように月明かりが射した。ごくわずかな時間だが、暗い海を一筋の光が照らす。と、海中をじっと見つめるその目に見覚えのある銀色が映った瞬間、ワウミィは迷う素振りも見せずに海の中へと飛び込んだ。

◆◆◆

（ゴボッ、ゴボボッ）

（水の中って、なんでこんなに気持ち良いんだろうな。周りも暗いし意識も朦朧《もうろう》としてきたし、

恐怖を感じてもおかしくないはずなのに。この包まれるような浮遊感がいつまでも続けばいいとか思ってしまいそうだ)

ＨＰというよりはＭＰ切れだろうか。指一本動かすこともできない状態で、暗い海の中を漂う。時折松明と思われる明かりが視界に入るので、恐らく海面を向いた仰向けの姿勢。そのまま、かなりゆっくりとした速度で沈んでいっているようだ。

(こんなところで死ぬのは嫌だけど、漁師さんたちも助かっただろうし。アングラウもワウミィが倒してくれただろうから、まぁめでたしめでたし、ってところか。あぁ、もう、気が遠くなってきた)

ふと、暖かな色の松明とは違う、優しい光で照らされたような気がした。かと思うと、海面近くに白い人型の影が映る。あぁ、もう幻覚まで見えるようになってきたのか……。

白い人影は見る見るうちに大きくなり、そのまま俺に覆いかぶさるように……。

(うぐっ？　……なんだこれ!?　顔全体を包む、柔らかくて、あったかくて、ふわふわで……。あぁ、そうか。ここが、天国だった……のか……)

圧倒的なボリュームの幸福感に包まれ、そのまま意識を手放した。

「ゴボッ！　ガハッ!?」

「ルイ？　ルイ!!」

「グ……ウゥ？　ここは？」

「浜じゃ。だいぶ海水を飲んだ様子。まだ大人しくしておれ」

「うぇぇ。口の中が不味い。んぁ？　なんだか頭が柔らか……うぇ⁉」

頬に柔らかい感触があり、状況を確認しようと視線を動かしたら目の前には白いお山がふたつ。これは……膝枕かっ⁉

「ルイ、本っ当ぉ〜に、だらしない顔‼」

「してない」

……はず。体調は最悪だが、頭を優しく受け止めてくれる太ももの感触と、頬にじんわりと伝わるワウミィの体温が、この上なく気持ち良い。

「ふふ。無事で何よりじゃ、この無鉄砲者め。後先考えずに飛び出していくのを見て、肝が冷えたぞ？」

「本当だよ！　船が、だっぱーんってなって、でもルイの小船は無事で、にもかかわらずアングラウに飛び込んでいって！　ワウミィや漁師のみんなが助けてくれなかったら死んじゃうとこだったんだよ⁉　なのになのに、助けられて引き揚げられてきたと思えばヨダレたれそうなくらい緩み切った顔してるし！　心配して損したよ！」

「なんだかよく分からないキレかたをしてるな？　引き揚げられた時って言われても、気を失ってたんだからしょうがないだ……ワウミィ？　どうした？」

「ん、いや。なんでもないぞ」

ワウミィが少し震えてたみたいだったけど。初夏とはいえ濡れてるし、寒かったのかな？

「おう、坊主！　気が付いたのか」

「ナグロ、心配かけたか」

「へっ！　心配なんかするかよ！　ワウミィの腕の中で、そのまま天国に逝《い》っちまいそうな、だらけた顔で助けられやがって。今も膝枕されてやがるし。羨ましくなんかないんだからな！」

「動けないんだし、しょうがないだろ。にしても、みんなに言われるけど、どんな顔してたんだ俺。ていうか、どんな助けられ方したんだ？　あれ？　なんだかもの凄く幸せな出来事があったような……」

「ナグロ、それよりも何か用事があって来たのではないのか？」

「お、おぅ。ワウミィ、それにルイとちっこいのも。村の衆が、もうすぐ宴《うたげ》の準備が終わるから、元気になったら参加しろってよ」

「ちっこ！　……って宴!?」

「あー、嬉しいけど、良いのか？」

「あぁ？　お前ぇも漁に参加したんだ。宴に出ちゃいけねぇなんて、海の男がそんな小せぇこと言うかよ。むしろお前に助けられたやつは多いんだ。感謝もしてる。宴に出なかったら草の根分けてでも探し出されて、担ぎ出されるぞ」

「嬉しいような、怖いような。でもありがたく参加させてもらうよ」

「良かったな、ルイ」

体勢的にワウミィの表情はよく見えないが、その声音は優しい。俺が参戦を決めたのは、このトヴォの村人達から見た転生者の印象が悪かったからだ。少しでも変わってくれればという想いがあったのだが、それが報われたことを喜んでくれてるみたい。

「うん。ありがとう、ワウミィ。助けてくれて。あと家に泊めてくれたこと、狩場を紹介してくれたこと、その他も色々全部、感謝してる」

「む。なんじゃ急に」

「いや、目的を達成できたって、やっと実感できたんだけど。同時に、ちゃんと御礼を言えてないことに気づいて」

「すべてお主が努力したこと。わちはわちのためにやったこと。礼を言われるまでもない」

ワウミィはそう言って、膝の上に乗せた俺の頭を優しく撫でてくれる。確か、泳ぐのは苦手だって言ってたはず。エリエルやナグロの話から推測すると、それにも拘《かか》わらず暗い海に飛び込んでくれたようだ。あとから漁師さんたちが俺たちふたりを助けてくれたんだろうけど、その気持ちが嬉しかった。

「それでも、ありがとう」

「ふふ。それでお主の気が済むなら、礼を受けよう。恩に思うなら婿に……」

「婿にはならないからな」

「ふむ、しばし時を置くとするか？」

そう言って笑い合った後、取り留めのない話をしながら過ごした。浜に吹く、凪《なぎ》でも嵐でもない心地良い潮風と、定期的に聴こえる波の音が、元の平和な海が戻ってきたことを告げている。とても穏やかな時間だ。


宴は浜辺で行われる模様。お言葉に甘えてゆっくりする俺たちとは対照的に、周囲は準備で忙しそうだ。女衆はあらかじめ、ある程度準備していたようで、酒や料理の用意が凄い勢いで進められている。男衆も戦いの疲れを感じさせない働きぶりで、浜の中央に井桁《いげた》型に木材を組み、赤々とした巨大な炎を灯す。まるでキャンプファイヤーのようなそれは、夜空をも照らすかのような勢いで燃え上がる。

その灯りに照らされる村人たちの顔は、いずれも明るい。アングラウを倒したからか、みなが無事だったからか、今後の豊漁が約束されたからか、それとも単に、これから始まる宴が楽しみなのか。あるいは、その全てなのだろうか。

いずれにせよ、このひと月ほど過ごしている中で出会ってきた村人たちの表情からは想像もできないような晴れやかな笑顔を見ていると、この村はこの戦いをきっかけに変わっていくに違いない、と、何故かそう思えた。

やがて準備を終えたのか、炎を囲むように村人たちが集まり始め、思い思いに酒や肴《さかな》を手にして座り……そうして、宴が始まる。


複数の男たちが、それぞれ藁《わら》でできた船を持って現れ、海へと向かう。一際《ひときわ》体格の良い年配の男は、藁ではなく少しだけ豪華な木の船を抱えており、全員が波打ち際に並ぶと同時に、各自が船を海へと浮かべた。

「あれらは此度《こたび》の戦いで沈んだ船の、船霊《ふなだま》さまに捧げる酒と魚じゃ。木の船は竜神さまへのお供えよ」

「漁師さんたち、信心深いんだねぇ」

「信心深いのは確かだが、普段の宴にはない儀式じゃ。似たようなことはやるがの」

男たちは船の行方をしばらく見届けた後に戻ってきて、炎を囲む村人たちの輪に合流する。全員が輪に混じるのを見届けたあと、木の船を抱えていた男が前へ進み出て、口を開いた。

「みなの衆の働きにより、今宵、魔物は倒された。十年前は犠牲者を出しながら、なおも退けるのみであったが。此度はみなの衆の奮戦《ふんせん》と、ワウミィの参加と……転生者、ルイの協力でひとりも欠けることなく勝利することができた。やがて再び、海が荒れる日は来るだろう。されどその日まではぁぁぁぁあああああああっ、豊漁じゃ！」

「「「豊漁だ！」」」

「船霊さまに感謝を！」

「「「感謝を！」」」

「竜神さまに感謝を！」

「「「感謝を！」」」

「乾杯！」

「「「オォォォォォ！」」」

「うわぁ……」

「ふふっ。ははははっ！」

途中まで厳《おごそ》かな挨拶で、みな、神妙な顔つきだったのだが。豊漁だ、のあたりから急に笑顔で大声を上げ、暑苦しく盛り上がり始めた。そのギャップに思わずつられて笑ってしまう。

乾杯が終われば飲んで、食っての大騒ぎが始まった。

昼過ぎからの戦い続きで腹を空かせた漁師たちの食欲は旺盛で、酒と料理が凄い勢いで消えていく。俺の船が速かっただの、俺の銛が一番だのと今日の戦果を肴にする者。戦いの様子を身振り手振りを交えて女房子供に聞かせてやる者。思い思いに盛り上がっている。

「坊や、食べてるかい？」

「あぁ、食堂の」

話しかけてきたのは食堂の恰幅の良いおばちゃんだった。大皿を手に、差し入れに来てくれたようだ。そのまま腰を下ろしたかと思うと、皿を置き、深々と頭を下げる。

「坊やにお礼を言いに来たんだ。うちの亭主を救ってくれて、ありがとう」

「えっ⁉　いや、そんな……」

何ごとかと驚いたが、食堂の亭主は俺の小舟を庇《かば》ってくれた、あの船に乗っていたらしい。アングラウの突進で大破した後、俺が囮《おとり》になっている間に救助されたとのこと。けどそれなら。

「ならむしろ、先に助けられたのは俺の方だよ。逆に御礼を言わなきゃ」

「ふんっ。お前ぇはその前に、たくさんのやつらを救ってただろうが。それこそ礼を言われる筋合いはねぇよ」

食堂のおかみの影から亭主が顔を出す。なんだ一緒に来てたのか。

「あんた！　そんな言い方はないだろ？」

「ふん。坊主……また食いに来い」

「まったく。ルイ、また顔を出しなよ」

亭主は言うだけ言って返事も待たず、のしのしと遠ざかっていった。おかみも軽く頭を下げて、それに続く。受け入れてもらえたってことでいいのかな？　呆然と見送っていると、また横から声をかけられた。

「坊主、いや、ルイとやら。少し良いか？」

「村長……」

声をかけてきたのは、乾杯の音頭をとっていた年配の漁師だった。俺は会ったことがなかったけど、この人が村長らしい。

「まずは此度の助力、礼を言う。それと滞在中に不快な思いをしたであろうことに詫びを」

「いえ、とんでもない！　頭を上げてください」

突然偉い人に頭を下げられても困る。両手を振って、さらにお願いすると頭を上げてくれた。

「この村は昔、転生者と少し揉めたことがあってな。みな心の底では転生者の全員が悪いわけではないと分かりつつも、態度を改めることができなんだ。だが此度のお主の奮戦により、それも霧消したことだろう。これを機に転生者といえど個々に人を見て接することもできよう」

「そうおっしゃってくださるなら、甲斐はありました。俺は別に転生者の代表というわけではないですが、中には良い転生者もいると。そう思っていただけるなら幸いです」

「ふむ。見た目のわりに、しっかりした若人《わこうど》よ。わしも今後は、人を見る目を改めねばなるまい。ワウミィ？」

「あぁ、長よ。言うた通りであろ？　人は見た目によらぬ。それに、転生者だ地元民だと十把《じっぱ》一絡《ひとから》げにするなど時代遅れよ。ブリとハマチを一緒くたにするようなものじゃ」

「それはいかん！　……ふふ、なるほどな。これより村人たちも変わるだろう。ルイ、改めて礼を言うぞ」

「いえ、こちらこそ。美味い魚介、漁のような戦い、全てが新鮮でした。この村に来て、本当に良かったです」

「ほぅ。長としては嬉しい限りだ。今しばらく滞在するのか？」

隣でワウミィとエリエルが息を呑む気配がした。ふたりには特に話してなかったけど、俺の中ではこの戦いがひとつの節目だと考えていた。勝敗、内容を問わず、これが終われば次の街へと向かうことになるだろうと、そうぼんやり考えていたのだ。

「そろそろ、旅を再開しようと思います」

複雑な表情を見せるエリエル、寂しそうな表情のワウミィ。それぞれの気持ちを表していた。

「そ、そうだよね！　ルイは一刻も早く他の転生者たちに追いつかないといけないから……」

「……」

村人たちと和解できて、この村も少しは過ごしやすくなるだろう。けれど、ある程度目的を達成した以上、ここにいる理由がなくなってしまった。食堂のメニューもかなり消化したし、レベル上げもひと段落してしまったのだ。

「そうか……。村の衆もようやく打ち解けることができたろうに。冒険者なら、引き留めるのは野暮というものであろうが、仕方あるまい」

と、村長はワウミィの表情を見ながら、こう続けた。

「しかしなぁ。お主の助力もあって、あやつを倒すことができた。これよりは豊漁三昧じゃ。季節は夏。この浜で旬を迎えるヒラマサ、アジ、ミズダコ、岩ガキ。サザエにイカ、……ウニもまだまだこれからじゃ。夏のトヴォ村を味わうことができないのは残念なことじゃなぁ。あぁ、もったいない」

「ヴニ‼」

突然、エリエルが雷に打たれたかのように叫んだ。ぱくぱくと口を開け閉めし、踏み出そうか踏み出すまいか、前後に揺れる奇妙な動きを見せたのち、ゆらりと俺に近づいてくる。怖い。

「ねぇ、ルイ?」

「なんだ?」

「私、言い忘れてたことがあるの」

「だから、なんだ?」

「村の人たちに少しだけ受け入れてもらったとしても、ルイが直接お話した人は少ないし、やっぱり転生者もそんなに悪くないんだよって分かってもらえるよウニ、きちんとお話する必要があると思うの。みんながみんな、きゅウニ態度を変えられるわけじゃないし、時間をかけて転生者について知ってもらウニ越したことはないし、私まだウニ食べてない」

「お前、分かったからヨダレ……」

至極《しごく》真面目な顔をして、ヨダレがひどい。最終的には欲望が普通にダダ洩れしてるし。女神さまの研修的なメインルートへの誘導とウニとの戦いは、僅差《きんさ》でウニの勝利に終わったようだ。

そんなエリエルに、村長がトドメの一言を放つ。

「ふふっ、はっはっは。アングラウが出そうな年は海女漁も控えておってな。食堂で供されるほどにはウニは獲らんのだ。明日からは海女漁も本格的に解禁されるから、食い放題だぞ？」

「食いほっ⁉　……うぐぅ。ルゥーイィー‼」

「分かった、分かったから泣くな。もうしばらく、せめて夏の間くらいは、この村に厄介になることにしよう」

俺も食いたいし。何より、せっかくみんなと仲良くなれそうなんだ。きっかけを作ってハイさよならってのは正直いって寂しい。せっかくだから、雰囲気の良いトヴァ村を初めて味わう転生者の座をいただくことにしよう。

「ふ、ふふ。仕方ないのぉ。それなら、もうしばらくは、わちの家にいると良い」

不安そうな顔から一転、花のような笑顔を見せるワウミィ。仕方なさそうな感じは欠片《かけら》もない。別れを寂しいと思ってもらえるのは、嬉しいことなんだと思う。予定外の流れにはなったけど、むしろスッキリした気分。これで心置きなく宴が楽しめそうだ。

笛や太鼓を持ち寄る者、籠の底を叩いて賑やかに鳴らす者、節をつけて自由に唄う者、炎の周囲を巡るように踊る者、それを手拍子で囃《はや》し立てる者。老いも若きも男も女も、みなそれぞれに楽しんでいて、もう何度目か分からない乾杯の声が、またどこかから聞こえてくる。輪に加わる度胸はないが、眺めているだけでも十分楽しい。そう思っていたのだが。

「坊主、お前ェは混じらねぇのか？」

「……ナグロ？」

昼の戦いで小船を操船してくれたナグロに声をかけられた。木製のジョッキを手に、村人たちの輪を巡っていたようだ。さては、あちこちから聞こえてた乾杯の犯人はお前か？

「いや、知ってる顔も多くはないし、いきなり混じるのもな」

「何言ってやがる。村でお前のことを知らないやつはいねぇよ。ワウミィのとこに泊まってるってのもあるが、毎日レベル上げして竜神さまの社にお参りして。転生者とはいえ、日々努力できるやつだって有名だったんだぞ」

「うぇ!?　みんな知ってたのか？」

「あの社は村の衆が交代で清めてるからな。あそこに通えば姿も見られるし、食堂でもそこの天使と色々話してただろ？　小さな村だ。噂も早い」

別に隠すことじゃないけど、日々の様子がバレていたのはちょっと恥ずかしい。

「ねぇねぇ。なんで村のみんなは竜神さまに、アングラウを倒してください、力を貸してくださいってお願いしないの？　お願いしたら何とかしてくれそうなもんだけど」

「ん？　あぁ、外の者はそんな風に考えるのか。確かに、竜神さまにお願いすれば何とかしてくださるかもしれん。だがな、漁師は漁をして、海の恵みをいただいている。海の命をいただいている。それは、遊びじゃない。生きるためだ。やつとの戦いも同じこと。生きるための戦いは自分たちがやるものだ。神さまに助けてもらうもんじゃないんだよ」

「なるほどねぇ。女神さまも自分たちで幸せに向けて努力する人たちを好ましく思ってたし。これも信仰のカタチなのかな？」

「村の漁師たちはみな、子どもの頃から、このような話を聞いて育つのじゃ。じいさまばあさまからおとう、おかあ、子や孫に伝え伝えていくのよ」

確かに、困った時の神頼みも良いと思うけど、できることは自分でやった方が達成感があるし。ただせっかくの良い話なのに、キリッとした顔で腕組みしつつナグロがチラッ、チラッってワウミィの方を見ながら話すので台無しだ。

「まぁそういうわけだ。だから努力できるお前のことは俺もみなも、多少は認めて……」

「ワウミィ、ルイ君ー！」

「ん？」

呼ばれた方を見てみると、時々村で手を振ってくれていた海女さんが手招きしている。どうやら炎の周囲で踊る輪に誘ってくれてるみたいだ。

「ルイ、せっかくの宴じゃ。知らぬ顔が多いからなどと言って楽しまないのはもったいなかろう。ナグロも教えてくれたように、村の衆はお前のことを知っておる。お主がみなを知らぬというのなら、これから知れば良いのじゃ」

　ワウミィはそう言って立ち上がり、俺に手を差し伸べる。ここまで気をつかわれたら、人見知りを発揮したままってわけにもいかないだろう。

「うん、そうだな。しばらく滞在することになったし、ここはいっちょ、改めてトヴォ村デビューを果たすとするか」

　そう言って俺も、ワウミィの手を取り立ち上がる。そのままワウミィに手を引かれて、誘ってくれた海女さんの元へとふたりで歩き出す。

「でも俺、唄も踊りも分からないぞ」

「ダメねぇ、ルイ。知らないの？　こういうのは、ノリと勢いが大事らしいよ？」

「らしいってお前もよく分かってないじゃないか」

「ふふ、エリエルの言う通りじゃ。定番もあるが、大抵は即興《そっきょう》よ。好きなように楽しめば良い」

　そう言いながら移動する俺たちの背に……

「ちくしょう！　ワウミィといい、海女連中といい、なんでお前ばっかりモテるんだ！　やっぱお前なんか、認めてやらないんだからな！」

　なんだか悲壮感《ひそうかん》の漂う叫び声が聞こえた気がした。

宴の熱気は最高潮に達した。輪になって踊り、肩を組んで唄い、もはや今宵の宴が始まった理由さえも忘れてしまったかのように、ただ、今を楽しむ。しかしさすがに疲れもピークに達したのだろう。ひとりまたひとりと家に帰る者、その場で寝てしまい運ばれる者が出始める。

やがて宴の後の、少し熱が残ったかのように温かく、静かな余韻が辺りに漂い始めた。俺たちも元の座っていたところに戻り、今は飲み物をちびちびとやりながら休んでいる。

「さて、もう夜更《よふ》けじゃ。間もなく宴もお開きとなるが、今日のことは今日のこと、明日からはまた漁も始まる。……そこで、お主がしばらく滞在するのなら、わちからひとつ提案がある」

「提案？」

「うむ。ルイ、そなたに槍の扱いを少しだけ教えてやろう」

「へ？　それはまた、どうして？」

「ハンマーをメイン武器にするにしても、他の武器に習熟しておくに越したことはない。また、槍も杖も同じ長物。通じるところがあるゆえ、片方に習熟しておれば応用も効く。この先、何かの役に立つこともあろう。もちろん無理にとは言わぬが……」

一旦言葉をきって、俺の顔をうかがうワウミィ。槍を習うなんて想像もしてなかったから少し驚いたけど、ただ滞在するよりも余ほど充実した毎日が送れそうだ。

「うん。じゃあ、ありがたく教えてもらうことにするよ」

「そうか！　ならば午前は漁の手伝いもあるゆえ、基本的には午後を訓練に充《あ》てよう。夏の終わりにはひと通り、修めることができよう」

ワウミィ嬉しそうだな。俺としては手間を取らせて申しわけない気もするけど、成果をあげて喜んでもらえるように、訓練を頑張ることにしよう。

「ねー、そろそろ帰ろ？　もう眠いよ」

「ふふ、そうじゃなエリエル。じゃがあと少しの辛抱《しんぼう》、もう間もなくじゃ」

「もう間もなく？　何が……あれ？　波打ち際に、光？」

「ん？　エリエル、どうし……何だ⁉」

気が付けば波打ち際にぽつり、ぽつりと小さな光が漂っていた。点々と、か細く点滅する光は徐々に、加速度的に数を増やしていき、やがて……

「わぁ！」

「おおぉ⁉」

「ふふっ」

物凄い数の光点が、辺り一面に広がる。一つひとつは黄色と青を混ぜたようなぼんやりとした小さな光だが、圧倒的な数で乱舞するそれは、とても美しい。まるで光の宴のようだ。

「やつが現れる年は、予兆として海ホタルを見かけないと言うたであろ？　倒した日の夜は、どこかに身を潜めていた海ホタルが一斉に戻ってくるのよ。今後は普通に見かけるようになるが、これほど集まるのは、今日この日だけじゃ」

いたずらを成功させたかのように笑うワウミィ。波打ち際から少し沖にかけて、海ホタルは光の糸を引きながら海上を漂う。その光は薄っすらと海面にも反射して、緩やかに溶けていく。刻一刻と描き出されては表情を変えていく光の模様が不思議で、幻想的で。昼の戦いも夜の宴も、全てを忘れてしまいそうなほどに、目の前の光景に魅入ってしまう。

「綺麗……」

「あぁ……」

これを目当てに残っていた他の村人たちと共に、その光景を存分に堪能した。そうして宴もお開きとなり、三人で肩を並べて帰途《きと》につく。明日からの毎日も、楽しみだ。

第七章　夏の終わりには

「大漁じゃ！」

「「「大漁だ！　オイッ！　オイッ！」」」

「豊漁じゃ！」

「「「豊漁だ！　オイッ！　オイィーッ‼」」」

アングラウ戦のあの日から一か月ほど経った。午前は村人たちの漁を手伝ったり、釣りを教えてもらったり、子どもたちと遊んだりして過ごし、午後は槍の訓練をする毎日だ。

今日は夜明け前から一本釣りの船に乗せてもらい、沖へ出ていた。昼前、まさに大量の魚を船一杯に載せて村へと帰ってきたのだが……。

「なぁ、掛け声は分かるんだが。合いの手と共にいちいち村に向かってマッチョポーズをキメるのはなんでだ？」

「あぁ？　教えてなかったか？　浜にいる女衆に、今日は大漁だって知らせてやってんだよ。水揚げ荷捌きの段取りがあるからな」

「大漁旗とかだけでも分かるんじゃ？」

「馬鹿かお前ぇ！　そんな心意気で漁師が務まるとでも思ってんのか⁉　大漁の時は全身全霊

を込めて祝う、感謝する、これが漁師ってもんだ。まぁ、あとは女衆へのアピールだな。カァがいる奴は無事の知らせ、いない奴ぁ浜の女に惚れられるようにアピールしてんだよ！」

「あぁ、そういう……。まぁノリと勢いが楽しいから良いけど」

せっかくだからと俺も参加して、船べりから乗り出すように競い合いながらポーズをキメ、声を上げつつ賑やかに入港。笑顔で出迎える女の人たちと共に水揚げの作業だ。

新鮮な魚が次々と選別され、魔道具の保冷箱や普通の籠、ザルなどに移されていく。さすがに手慣れたもので、流れるように進められ、あっという間に運ばれていく。

「ルイ君！　ポージング最高だったよ！　このあと、お昼どう？　たまにはワウミィの家じゃなくて、私の家でご飯食べようよ」

「あ、こら！　抜け駆けはダメよ！　それなら、ご飯が終わったら私の家に来なよ。布団敷いて待ってるから！」

「何言ってるの！　ルイ君の手料理を食べた後は、私がそのままルイ君も美味しくいただくに決まってるじゃない。あんたの出番は一生来ないわよ」

「ワウミィじゃないんだから、ひとり占めなんてダメに決まって……」

「ほぅ？　わちが何をひとり占めにしたとな？」

「ワウミィ⁉」

「あ、あの……そう、あれ！　スイカ！　行商人からたくさん買ってたでしょ？」

「そうそう。食べ過ぎるとお腹壊すんだから、気を付けないとねー……あ、あははー」

「お主ら。この作業が終われば昼からの海女漁の準備じゃろう？　ここでサボっていては海女頭に叱られようぞ」

「はーい。ルイ君、またねー」

「はいはい。ルイ君、今度一緒に潜ろうね」

話についていけずに状況を見守っていたが、手を振られたのでとりあえず振り返す。海女さんたちは時々ご飯に誘ってくれるのだが、何故か、そのたびにワウミィが現れる気がする。

「まったく、しようのない奴らじゃ。ちょっと目を離すと、すぐルイに色目を使いおる。ルイは時折、海女漁にも顔を出しておるが、よもや不埒《ふらち》な気持ちで参加してはおるまいな？」

「誘われたからってのはあるけど、お目当ては魚介だよ」

エリエル用のウニの他、アワビやサザエなどの貝類、エビやカニなどの甲殻類もかなりストックが貯まってきた。頼めば分けてもらえるけど、やっぱり自分で素潜りした方が楽しいし。海女さんたちもワウミィほどではないが若くて美人な人が多く、海から上がると服が濡れていたり、はだけていたりするのが何とも眼福《がんぷく》であることは確かだが……。

「ルイ？　今、良からぬことを想像してはおらなんだか？」

「イイエ？　ソンナコトナイデスヨ？　トリアエズソノ、モリヲシマッテクレマセンカ？」

ワウミィはなんで俺の頭の中が分かるんだ？　冒険者の経験的な勘とかなんかで、心を読まれてたりするのか？

◆◆◆

「「「ただいまー」」」

「さて軽く手足を流して昼飯にしよう。しかし、お主も、すっかりその姿が板についてきたの」

「ルイは元々色白なんだし、ムキムキでもないんだから。何もそんな格好しなくてもいいのに」

「そうか？　よう似合うておるぞ。ふふっ」

「笑われてるうちは、まだまだだなー」

ワウミィに苦笑を返しながら、水場へと向かう。漁の手伝いの初日、他に服もないしといつものローブ姿で行ったら、「そんなヒラヒラした服で漁ができるか馬鹿野郎ぅ」と言われ、羽織とふんどしに着替えさせられたのだ。

「今日も午後は訓練か？」

「あぁ、そのつもりだよ」

「ふむ、ならば後で様子を見に行こう」

「え？　珍しいな。最初に少し見てくれて以来、自主練習だったのに」

「お主のことを信じておるからな。しっかり訓練していれば、そろそろ基礎はできていよう」

「うえぇー。そう言われると緊張するな。まぁ大丈夫だとは思うけど」

「であろ？　わちも楽しみじゃ」

　このひと月ほど、真面目に取り組んだという自信はあるが、久しぶりに見てもらえるとなればガッカリさせるわけにはいかない。復習の時間もほしいし、気持ち早めに昼食をかきこんで、浜へと向かおう。

　ワウミィが訓練初日に教えてくれたのは槍の特徴と基本の型だった。突く、払う、叩くといったモーションは長杖と似ているところもあるが、やはり形状にも特徴的な違いがあり、その分扱いが変わってくる。

「シッ、シッ、ハアッ！」

　突き、払い、上段、中段、下段。教えられた動きを愚直《ぐちょく》に繰り返す。長杖もハンマーも基本的には近接武器だが、槍の射程はもう少し遠い、いわば中距離の武器だ。

　その距離感に最初は戸惑い、慣れなかったのだが、穂先か石突《いしづき》にハンマーヘッドを付けたら長めのハンマーとして運用できないかな、などと想像していたらつい楽しくなってしまう。そんなことを考えているうちに、不思議と距離感も気にならなくなった。

「どうなの？　ワウミィ」

「うむ、初めて会った時にも感じたことだが、これほどとはの。確かに長物の扱いという意味では長杖に通じる部分もあるが、武器としては別物。だのに、ひと月ほどでこれほど上達するとは。わちが見ていない間も真面目にしっかりと訓練していた証拠じゃな。さすが、わちが見込んだ男じゃ」

「私には、時々変な顔してて槍に集中してなかったように見えたんだけどな……」

ちなみに魔物と戦うだけなら、ステータスの恩恵とスキルの発動だけで十分戦えることは分かっている。にも関わらず俺が教えを受けているのは、単に楽しいからだったりする。

元の世界では武器の扱いを学ぶ機会などなかったから新鮮だし、スキルではなく技術を磨いて強くなっていくのは成長が実感できて嬉しい。スキルだけで戦うとどうしても戦闘は単調になるが、技術を修めれば動きのバリエーションが増えて戦術の幅も広がる。きっと将来の役に立つはずだ。

「基本の動きは身についているようじゃ。これはこれとして日々続けると良いぞ。それでは、次の段階に移るとしよう。まずは見ておれ」

そう言うと、何故かワウミィは海に入っていく。何をするのか疑問に思いながら見ていると、膝から少し上まで浸かるくらい進んだところで立ち止まり、槍を構えた。動きを止め、いつもとは違う表情を見せると、腰に力を溜めた姿勢から稲妻のような連撃を繰り出した。

「えっ⁉」

「嘘⁉」

ワウミィが手にした槍の穂先が波間に吸い込まれたかと思うと、波に穴が開いた。続けざまに槍を振るうたびに一瞬だが波が切れ、海が割れる。その美しい槍の演武に見惚れていると、ひと通りの型を終えたのだろう、息を吐きながら静止した後、笑顔でこちらを振り返る。

「さ、やってみよ」

「いや、できないよ!?」

「む?」

そんな、なんで?　って感じのキョトンとした顔されても、できないものはできないからな?　説明しても上手く伝わらなさそうな気配がしたので、ざぶざぶと近づき、見よう見まねでやってみせる。するとワウミィも気づいたのか、あぁ、と照れ笑いしながらコツを教えてくれた。

波割り、とワウミィは呼んでいたが、もちろん型通りに槍を動かすだけでできる技術ではなかった。突きの穂先が波に到達する瞬間、ねじ込むように槍に回転を加えたり、波に対して浅過ぎず深過ぎずの最適な斬撃を繰り出す。

さらに、これら一連の流れを絶えず動き、形を変える波に対して行えるだけの見極めと攻撃速度も必要になる。これができるようになれば槍の威力も上がり、精密な刺突、斬撃が可能になる。当然槍を学び始めたばかりの初心者がすぐにできるようなものではないので、当分の間はワウミィに直接指導をしてもらい、訓練することになった。

◆◆◆

「あは～、ぉ美味しいぃ～」

「エリエルが変な顔って言う時、大体俺もこんな顔してるんだろうな」

「ふむ。ルイの場合はもっと、こう……ん、こほん。嬉しい時は嬉しい顔をするのが一番じゃ。幸せそうな顔は、それを見ているみんなを幸せにする。と、わちはそう思うぞ」

ワウミィ、もっとこう、何だったんだ。途中で言うのをやめたら余計に気になるぞ？　まぁみんなが幸せになるんならいいけど。

今日は家ではなく、食堂で待ち合わせての昼食。エリエルはウニ漁が解禁されて以来、食堂に来るたびにウニを頼んでいる。焼きウニ、酒蒸し、ウニご飯など日によってメニューは様々だが、今日は豊漁だったらしい。ツヤツヤしただいだい色の宝石が丼から溢れんばかりに、盛りに盛られたウニ丼だ。今日もだらしない顔でウニを頬張っている。

「しかし、よく飽きないな。他の魚介も旬を迎えて美味いんだから色々と食べたら良いのに」

「何言ってるの！　まだ見ぬウニ料理が世の中には溢れてるに違いないんだから、一日三食ウニでも足りないくらいだよ!?」

「世の中のウニ料理をコンプリートするつもりなのか？　この食い倒れ天使は」

「ふふっ。確かにルイは色んな料理を作ってくれるから、わちも飽きないがな。まだ作ってない料理でおススメはあるか？　旅立つまでに、簡単な物なら教えてほしいところよ」

「そいつは俺も聞きたいところだな」

「おやっさん？　聞いてたのか」

厨房から食堂の亭主が顔を出す。賑やかに食べていたので聞こえていたらしい。

「ふん。そんなでけぇ声で話してたら嫌でも聞こえるわぃ。それより、まぁその、何だ。転生者の料理ってやつは、少しくらいは聞いておきたい。昔、揉《も》めちまったからな」

「あぁ、そういえば。詳しくは聞かなかったけど、そうらしいな。原因は何だったんだ？」

「パンと魚は合わない、米はないのか、とか何とか言い始めてな」

「米？　あるじゃないか」

「米がこの村で食べられるようになったのは、ここ数年のことよ。商人が持ち込んで流通し始めてな。それまで穀物は小麦が主流じゃった。今は魚に米が合うと知ってはおるが……」

「当時は俺も米の存在を知らなかったからな。主食はパンや芋だった。魚も、刺身よりは焼いたり揚げたりをメインにしてたからな」

「あー、なるほどな。和食好きで、漁村に来て、新鮮な魚介を見て、刺身とか米が恋しくなったんだろうな」

　俺の場合はトヴォに来た時点で米が普及していたが、最初に転生者がトヴォ村を訪れた時には、まだ米が流通していなかったようだ。この激ウマの海鮮丼やらウニ丼やらを食べれなかったとはもったいない。周回遅れで良かった、俺。

「だからといって自分の好みを押し付けて揉めるのは論外だけどな。まあそれはさておき、んー、簡単ねぇ」

　新鮮な魚介が最も活きる、なおかつ、簡単と言えば……。

「寿司だな」

「寿司？」

「うん。寿司なら、あらゆる魚介を美味しく食べられるし、ネタの新鮮さが大事だから、この村にぴったりだ。握りの技術やネタの扱いはあるけど練習すれば良いし、練習しなくても普通に美味しく楽しく食べれると思う。料理自体は簡単だから、今教えるよ」

食堂の厨房を借りて、酢飯の作り方、シャリの握り方、ネタの扱いの基本を亭主とワウミィに伝授した。どうやら少し料理に興味を持ってくれたようなので、この日をきっかけに、時々ワウミィに料理を教えてあげることになった。

なおエリエルはウニの軍艦巻きをたいそう気に入り、「私のウニ料理にまた新たな一ページが……」などとよく分からないことを言っていた。仕方がないからトヴォ村を出る前に、インベントリ内のウニのストックを増やしておいてやろう。

◆◆◆

「セッ！」

ボッ

「ヤッ！」

ボボッ

「ハアァッ！」

ザザーッ
「うむ。威力はまだまだじゃが、コツは掴めた様子。前も注意したが、脇が開かぬよう意識することと、槍を引き戻す速さにも気を付けることじゃ」

「うーぃ。精進しますとも。けど、ちょっと休憩させてくれ……」

「ふふっ、仕方のないやつじゃ」

波割りは少しだけできるようになった。ただ習得したてのため、集中しなければ上手くいかず、体力の消耗も激しい。ワウミィの言う通り、まだまだのようだ。

「スイカ冷えたよー！」

「クルーゥ！」

「おー。エリエル、ルカ、ありがとう」

波打ち際で遊んでいたエリエルとルカが、休憩の気配を感じ取ったのか、スイカを持ってきてくれた。ワウミィが商人から買ってきたものを、海辺に浮かせて冷やしておいたのだ。

「夏といえばスイカだよな」

「これも米と同じく、ここらでは最近流行り始めたものじゃ。ここ数年で、見たこともない食材や料理が増えたが……ルイだけではなく転生者はみな、食い意地が張っておるのか？」

「どこかの天使じゃないんだから、せめて食文化が豊かだといってくれ」

「ルイ？　また私の悪口言ってた？　スイカ要らないんだね？」

「さー、食べようか。切り分け……いや待てよ？　せっかくだからスイカ割りするか！」

「スイカ割り？」

◆◆◆

「ねぇ、前、見えないよ」

「見えたらダメなんだよ。さっき教えただろ？」

「では、回すぞ？」

「わ、わわっ、ちょっとワウミィ、速い、速いってばばばばー」

「ん？　ルイが速ければ速いほど良いと言っていたが？」

「あっははは、そうそう。そんな感じ」

「絶対、ウソ！　からかってるの、声で分かぁ～⁉　世界が回るぅ～？」

ワウミィは既に手を放しているのだが、エリエルはふらふらと目を回している。

「まぁこれで、スイカがどこにあるか分からなくなっただろ？　あとは、俺とワウミィが声で誘導するから、それに従ってスイカを割るんだ」

「うぅ～。絶対に当ててやるんだから！」

「右。もうちょぃ右。そうそこ。前に……あぁ左にズレた。いや左にズレたから右、右だって！」

「前へ、もそっと前へ、そうそう、今じゃ！」

「……えぇぃ！」

　ぺちっ

「「ああっ!?」」

「え？　今の手応え……えぇっ!?　なんでっ!?」

　エリエルの振り下ろした棒は置かれたスイカからひと玉分足りず、足元の砂浜に振り下ろされた。

「リーチの差か……」

「エリエル、惜しかったの？」

「く……たったこれだけの遊びなのに、なんだか凄い悔しぃ！」

「ふふふ、真のスイカ割りとはどういうものか教えてやろう」

「ねぇルイ？　なんでハンマー持ってるの？」

「ん？　棒の代わりにハンマーで……いや、むしろ棒がハンマーの代わりだったと言った方が正しいのか？」

「どっちだっていいよ！　ていうかハンマーで叩いたらスイカが木《こ》っ端《ぱ》みじんだよ！　食べるとこ、なくなるじゃない！」

「安心しろ。レベル三十で〝手加減〟スキルを覚えたから」

「加減の問題じゃないよね⁉」

安心してもらえるように爽やかな笑みを浮かべつつ教えてやったというのに、エリエルは何が不満なのかいきりたっている。なおレベルが上がったのはアングラウの経験値が多かったからだ。トドメをさしたのはワウミィだが、パーティメンバーの俺にも経験値が入っていた。

さらに、ドロップアイテムとして雷属性の両刃斧の〝ラブリュス〟と〝アングラウキャップ〟も手に入れた。斧は使う予定が今のところないし、アングラウキャップは釣りレベルに補正が入る帽子なのだが、見た目がキモカワイイ系なので微妙に使いづらい。胸鰭《むなびれ》を引っ張ると提灯部分が光るなど、無駄に凝っているところも腹立たしい。

それはさておき、スイカ割りにハンマーはどうしてもダメらしく、槍の練習の際に使用していた長い棒と交換された。つくづく納得いかない。

「右～。違っ、右を向くんじゃなくて、前を向いたまま右に！　右に……あれ？　右を向いた方がいい？　あ、でももう左！」

「まだじゃ、焦るでない。そう、ゆっくり前に……あぁ、そこではない！　こっちじゃ！　何？　こっちがどっちか？　右斜め、あぁ、わちから見て右斜め……分からんとな？　もう！」

「ふたりとも説明下手か！　ってわぷっ⁉」

ざぱぁーん
「なんで波打ち際に突っ込んでるの！」

「お前らが誘導したんだろ⁉」

「ルイがちゃんと理解しないからじゃ！」


「まったく不甲斐ない者どもよ。仕方ない、わちに名案があるぅ〜。よく見ておれぇ〜」

「エリエル、俺、なんだか嫌な予感がするんだけど……」

「ルイ、奇遇ね。私もよ？」

目隠しと回転を終えたワウミィへの声かけを開始したのだが、何故かワウミィは歩き出さない。若干ふらつきながらも腰を落とし、何故か棒を槍のように構えた。震える俺とエリエルの制止の声も聞かず、棒を振りかぶる！

「目に頼らず、音に迷わされず……心眼！　スナイプシュートォ！」

「ぅわぁ！」

「ひぃぃぃっ‼」

ドスッン‼

ワウミィの手から放たれた棒は一直線にスイカの方へ……は行かず、俺とエリエルの足元に砂埃を上げて突き立った。目隠しを外したワウミィは、勝利を確信したかのような笑顔で、

「どうじゃ？」

「どうもこうもないよ！」

「あっぶねぇよ！」

「む？　久しぶりゆえ、勘が鈍ったか。よし、ならばもう一度……」

「「ダメに決まってるだろ（でしょ）!?」」

ちょっとだけ、今度は手加減スキル使うから、などと言うワウミィを説得するのに時間がかかったが、今日のところは三人とも引き分けと言って、どうにか納得してもらった。


スイカ割りを終えて、大人しく普通に切り分けて食べながら休憩する。よく冷えたスイカはシャクッとかじると、口の中いっぱいにみずみずしくて甘い果汁が広がる。果肉も少し固めで歯触りが良く、次々とシャクシャクかぶりつきたくなる。

「楽しかったね」

「うむ。たまには童心に返って遊ぶのも良いの。せっかくじゃ、目隠しや体勢が崩れてからの投擲も訓練に取り入れることにしよう」

「もしかして、たった今、訓練メニューが増えた？」

「波割りを修めたのじゃ。スイカ割りも修めねばなるまい？」

良い笑顔だ。これは断れそうにない。波割りを修めた後はワウミィから色々な槍の技術を教えてもらえる約束だったのだが、そこにスイカ割りの技術も追加されてしまったようだ。……スイカ割りで投擲はダメって、もう一度、ちゃんと教えとこう。

◆◆◆

「だいぶ涼しくなってきたな」

「まだまだセミは元気だけどね」

「蝉時雨《せみしぐれ》って上手い表現だよな」

「本当だねー」

　夏も終わりに近づいた、そんな日の昼下がり。周りにワシワシと降り注ぐセミの大合唱を聴きながら、浜への階段を下りていく。ここ最近はサハギン沼での実戦形式で、槍の修行の仕上げに取り組んでいた。ワウミィから学んだ技の数々は完璧とはいえないまでも、あとは経験を積んで磨き上げていく段階に入っている。

「……そろそろ潮時かな」

「何が？」

「槍の修行もひと段落したし、夏が旬の魚介も十分堪能しただろ？」

「秋は秋で、サンマとか？」

「それはそれで、かなり、とてつもなく、心惹かれるが。でもキリがないっての。冬も春も旬を迎える魚はいるんだからな。魚介はさておき、エンに戻ってエットに向かうにしても、直接他の街に行くにしても、冬の移動は避けたいだろ？」

「まだ旅にも慣れてないし？」

「うん。だから、そろそろ、トヴォを出ることを考えないといけない。とりあえずワウミィに相談してみるか」

旅路を急いでいるわけじゃないけど、だからこそ気持ちを切り替えないと。トヴォ村は居心地が良過ぎるので、いつまでも滞在してしまいそうだ。秋になる前に、というのは踏ん切りをつける良い機会になるだろう。

「「ただいまー」」

「おかえり。今日はわちが早かったの」

「おー、先に帰ってたのか。じゃ、すぐに昼飯作るよ」

「……？　どうした？　浮かぬ顔をして」

「あぁ、飯の時に……いや、飯の後に少し話がある」

「ふむ、分かった。それは聞くから、さ、まずは湯を使ってくると良い」

ワウミィはそれ以上何も言わず、いつも通り接してくれた。薄々分かってはいると思うんだけど、こういうさり気ない気遣いがありがたい。

昼飯を終え、食後のデザートにスイカを出し、食べながら話をすることにした。スイカ割りで遊んで以来、ワウミィはそれまで以上にスイカが気に入ったらしく、かなりの頻度で買ってくるようになった。前の人生含めて、この夏が一番スイカを食べた夏だと思う。

「そろそろ、トヴォを出ようと思うんだ」

「やはり、その話か。そろそろではないかと思っていたところじゃ」

帰り道にエリエルに説明した内容を話して聞かせる。ワウミィは予想していたと言うだけあって特に驚く様子もなく、話を聞いてくれた。

「ならば、わちも村を出るとするか」

「「えぇ!?」」

「あぁ、いや。機会がなかったゆえに言うておらなんだが。わちはこの村の者ではない。出自は遠く離れた地になるが、例のあやつを倒すため、現れそうな年の夏にトヴォ村を訪れ、滞在しておるのよ。ここはいわば、仮の住まいじゃ」

「そうだったのか？」

ひとりで村の外れに住んでいることや、何よりワウミィだけが鳥人族なことの理由がようやく分かった。詮索《せんさく》する必要もないから聞かなかったけど、このタイミングで知らされたので、ちょっと驚いてしまった。

「すまんの。聞かれなかったのを良いことに、甘えておった」

「謝ることないさ。俺も変に気を遣っちゃってたところがあるし」

「じゃあワウミィ（シャク）、私たひと一緒に旅してくれぅの？」

「……いや、そういうわけにもいくまい。ルイとわちでは経験にもレベルにも差があり過ぎる。

ルイはまだまだ育ち盛り。パーティを組むにしても、同行するにしても、わちがいてはルイのためにならん。そばで成長を見守ることも考えたが……それにしても、まだ早い」

「んー、そうだな。確かに一緒に来てくれれば心強いけど、頼りにするっていうより、何かと甘えてしまいそうだ」

「うむ、いずれ機会もあろう。わちは一旦故郷に帰ろうと思う。元々その予定だったしの」

本来ならばアングラウを倒して少ししたら村を出るつもりだったらしい。俺やエリエルのために、滞在を延ばしてくれていたようだ。そんなことをサラッとやってくれるのが、本当に気遣いのできる人だと思う。それに引きかえ……。

「そっかー（シャク）ウイはムァだ弱いから（シャク）しょウムがないよねー（シャクシャク）」

この駄天使は。少し愁《うれ》いを帯びた表情で話すワウミィに気を遣う様子もなく、スイカをシャクシャク食べながら話をしてやがる。

「エリエル。スイカの種はあんまり食べ過ぎると、ヘソから芽が出るらしいぞ？」

「うぇ!?　じ……冗談……だよね？」

「あぁ、まあ、本当かは怪しい」

「なーんだ、じょ……」

「けど、ウニは食べ過ぎると尻からトゲが生えてくるらしい」

「うだ？　……ぅそ……ぅ嘘ぉお!?」

慌てて尻を見ようとするが、もちろん自分の尻は自分では見えない。ガタガタ震えながらクルクル回り始めた。まぁ少しは反省すると良い。

「それで、だ……ワウミィ？」

「ん？　わちは大丈夫、大丈夫だ」

「あぁ、まあ、大丈夫なら良いんだけど、話の続きをしようか」

その後、村を出る日をいつにするか、その前に村長やみんなに挨拶しなければ。買い物など準備はどうしようか、など少し具体的な話をしたのだが。ワウミィがヘソを指で押さえながら話すので、何となく気になって集中できなかった。ワウミィにはあとでちゃんと、冗談だと教えてから、もう一度改めて話をしよう。


「そうか、寂しくなるな」

ワウミィと一緒に村長のところに赴《おもむ》いて、旅立ちを告げた。村長は当然のことながらワウミィの旅立ちが近いことを悟っており、同時に俺が旅立つことも予想はしていたようだ。とはいえ、俺たちが村人たちと良好な関係を築いていることも知っていた。それだけに、残念に思っていてくれるみたい。

「わちもルイも、いつまでもというわけにはいかぬからの」

「そうだな。予定よりも長くいてくれたことを喜ぶべきだろう。さておき、ワウミィは帰郷《ききょう》するとして、ルイはどうするんだ?」

「今のところ目的のない旅だし、とりあえずエンの街に戻って、領都エットかなと考えてた」

「うーむ、逆方向だな。ならば仕方がないか」

「ん? 何が?」

「いや、実はな。やつとの戦いでかなりの船が沈んだのは知っておるだろう? 船大工はこの村にもいるが、いくらか新造《しんぞう》するとなれば木材やら完成品の部材やらを調達する必要があるのだ。それらをいつも頼んでいる馴染みの村があってな。旅路の方角が同じなら、その注文書を届けてもらおうかと思ったのだが……」

「いいよ」

「ルイ! 村長さん、逆方向って言ってたでしょ!? なんだか偉そうに、『冬になる前には移動しないとな……フッ』とかカッコつけてたのに、なんでまた寄り道しちゃうの!」

「俺のことがどう見えてるのか、お前とは一度じっくり話をしなければならんな」

エリエルには後で正座させた上でじっくり説明してやるとして、とりあえず話を進める。

「で、届け先は?」

「トルヴという。山間に位置する、林業や加工が盛んな村だ。トヴォから西に一〜二週間といったところか。選ぶ道と移動手段によるがな」

「ねぇルイ～。メインクエスト進めようよー。教会での報告もだいぶサボってるし、そろそろ他の転生者と同じ道に戻らないと女神さまに怒られるよー？　……私が」

「その他にはリンゴ、ブドウ、桃、梨、栗など、秋が旬の甘い果物が美味しいことでも有名だ」

「ルイ？　少しくらい寄り道しても優しい女神さまは許してくださると思うよ？」

「お前の手のひら、クルックルだな」

「ふふ。エリエル、トルヴの近くにフェムという街がある。冒険者ギルドも教会もあるから、トルヴで依頼を達成したら、そのまま向かうと良いぞ」

「フェム？　……うん、それなら大丈夫かも。ありがとワウミィ！」

ワウミィの言葉に対するエリエルの反応が少し気になった。フェムという街を知っている？　そんな感じだ。まぁ知ってても知らなくても俺のやることに変わりはないが。

「話はまとまったか？　なら、すまんがこれを頼む」

村長から注文書を受け取り、トルヴまでの道のりや依頼の期限など補足の説明を受ける。報酬は〝漁民の証〟といって、トヴォ村の村長が、この者を漁民として認めるという証明書のようなものだ。これがあれば業として漁を行ったり、個人で漁船の発注をしたりすることができるらしい。バクチョウさんとかほしがるんじゃないかな？　譲らないけど。

続く雑談で、村長に教会やギルドの誘致、宿の準備も考えてみてはどうかと提案しておいた。

これから先、万が一ワウミィが不在の時に次のアングラウ戦が始まった時にも転生者の冒険者がいれば対応できるし、その他にも村人たちの困りごとがあれば解決してくれるかもしれない。俺をきっかけに転生者を見直すことができたのなら、きっと仲良くできると考えたからだ。

またいつでも、気軽に訪ねてこいと言って送り出してくれた村長と別れ、そのまま村を巡りながら旅立ちの挨拶をして回った。ワウミィの事情はみんな知っていた様子で、俺も含めてとうとうその時が来たかと比較的冷静に受け止め、別れを惜しんでくれていた。

少し可哀そうだったのはナグロだ。俺が旅立ちを告げると少しだけ残念そうな顔をしたのだが、続けて「ワウミィのことは俺に任せておけ」などと言いつつ浮かれた表情を見せた。しかしその直後、ワウミィも同じ日に旅立つことを知らされて呆然としていた。まるで、俺に打ち上げられた後にワウミィにとどめを刺されたアングラウのようだった。

さらにワウミィが「次にこの村に来た時には、お主も誰ぞと、つがいになっておるやもしれんの」などと屈託《くったく》のない笑顔で追い打ちをかけるものだから、ナグロは青いエフェクトを残して消えてしまいそうな顔をしていた。俺が口出しするようなことでもないので「頑張れよー」とだけ言い残して、その場を離れた。

その後も村の人たちに挨拶をして回った。漁師たち、食堂の夫婦、商店の親父さん、子どもたち、みんなそれぞれの言葉と態度で寂しさと、旅路の安全と、今後の幸せを願ってくれた。

比較的小さな村とはいえ一人ひとりとお別れをしたので、家にたどり着いたのは夕刻だった。

「さすがに疲れたねー」

「うむ。とはいえ、ありがたい話じゃな」

「俺は田舎に里帰りした時のことを思い出したよ」

村人たちはそれぞれ、何らかの物をお持たせしてくれた。漁具や売り物の一部、思い出の品など、一人ひとりが気持ちの証とばかりに贈り物をくれるものだから、受け取る方も大変だ。インベントリがなかったら荷車が必要になっていたことだろう。

「ふふ。もらった餞別《せんべつ》の数だけ、ルイが絆を紡《つむ》いだということ。物ではなく言葉と気持ちが、な？　しかし今さらだが、依頼を受けて良かったのか？　村への義理立ても、もう十分じゃと思うが」

「あー、それな。いいんだよ。あ、エリエルは正座」

「なんで!?」

「ワウミィにも少し話したかな？　俺は他の転生者たちに比べれば少し出遅れてるんだ。本来なら、さっさと他の転生者が冒険してる順路を辿ったほうが効率が良いんだろうけど、冒険は仕事じゃないんだ。いついつまでに何々をしなきゃ、なんてことに囚《とら》われてたら楽しめないだろ？　目の前に綺麗な景色があれば立ち止まればいいし、困ってる人がいたら助けたらいい。村への義理立てとかじゃないんだ。単に俺が楽しそうだと思うから、引き受けただけなんだよ」

「ふ、ふふっ。そうか。まぁ冒険者は生業として冒険するのであって、仕事のような感覚の者の方が多いとは思うがの。お主が良いなら、それで良かろう」

「ねぇ、私はいつまで正座なの……」

「お前はいい加減に、食い物に釣られて俺のサポートを忘れるのを何とかしなさい」

「えぇー!?　そんなことないよ！　ちゃんと考えてるんだから。ワウミィが、トルヴ村の近くにフェムの街があるって教えてくれたでしょ？　分岐のルート次第だけど、フェムは領都エットの次の次くらいに行く街だから許可してあげたんだよ。ほら、ちゃんと覚えてた。ちゃんとサポートできてる私！　さぁ褒め讃えるが良いよ！」

「でもトルヴ村のことは知らなかったんだろ？」

「ソンナコトナイヨ？」

「果物が美味しいから賛成したんだろ？」

「ソンナコトナイアルヨ？」

「はい、寝るまで正座決定」

「そんな、無理ぃ!?」

この日は残り少なくなった団欒《だんらん》の時間を惜しむかのように、夜遅くまで話しこんだ。

「忘れ物はないか？　保管庫の食材も全部持ったな？　戸締りも大丈夫だな？　……納戸も心配だしもう一度、見ておくか」

「エリエル。家事妖精というのは、みなこんなに細かいのか？」

「細かいっていうか、小うるさいっていうのか分からないけど、家事へのこだわりっていうよりは家へのこだわりみたいな？」

「……ワウミーィ！　またこの家に帰ってきた時のために残していく衣類には、俺が簡易錬金した防虫剤を置いといてって言っただろーぉ!?」

「あぁ、はいはい。分かった、分かったから。つい忘れておっただけじゃ。今行くから」

「エリエル‼　土間にスイカの種をペッてするなってあれほど言っておいただろ！　帰ってきた時に芽が出てたらどうすんだ！　拾え！　一粒残らず拾えー‼」

「うへぇ、バレた!?」

旅立ちの当日。出しなに改めて確認していたらあれもこれも気になってしまい、なかなか出発することができなかった。ワウミィもエリエルにも困ったものだ。ようやく、全部ではないが最低限気になったところだけ始末をつけて、出発する。本当に俺好みの古民家だった。ワウミィの家だけど、お世話になりました。ありがとう。

「さて。どうにもバタバタしたが、そろそろ行くが良い。わちは手筈通り、お主を見送ってから旅立つとしよう」

「本当に、色々とありがとう。ワウミィのおかげで村の人たちとも仲良くなれたし、トヴォでの滞在が最高に楽しいものになったよ」

「わちは、なんもしとらん。世話になったのはこちらの方よ。これほど楽しい夏は、生まれて初めてのことじゃった。さ、餞別をくれてやるゆえ、旅立つが良い」

「餞別？　昨晩、槍をもらった……」

ワウミィは俺に近づくと……そのまま俺を抱きしめ、頬にキスをした。全身を包み込むような優しい抱擁《ほうよう》と、頬に残る柔らかな感触は一瞬で。すぐに、ふわりと鼻をくすぐる甘い香りを残してワウミィが身を離す。

「ちょ、ま、えぇ！　えぇえ～！」

「……」

騒ぐエリエル、呆然とする俺。ほんのり頬を染めるワウミィ。

「餞別じゃ。また会う日まで、壮健《そうけん》であれ。お主の成長を楽しみにしておるぞ？」

「あ、あぁ。あ、ありがと」

笑顔を向けてくれるワウミィも、突然のことで動揺する俺も、お互い照れてしまってギクシャクしたが、騒ぐエリエルが丁度いい緩衝材《かんしょうざい》になってくれて。

気を取り直して改めて礼を言い、握手して離れ、笑顔で手を振って、別れることができた。

振り返り、振り返り見るたびにワウミィは戸口で、姿が見えなくなるまで手を振って見送ってくれていた。

◆◆◆

「デレデレしちゃって！　ワウミィもワウミィだよ！　とんだ裏切りだよ！」

「何を怒ってるんだお前は……」

不思議と今日は村人たちに出会うこともなく、村のはずれに差し掛かる。トヴォから西への道は徐々に上り坂になり、見晴らしの良い高台へと続き、湾を一望しながら海岸沿いを少し進んでから山に入るルートだ。

「トヴォ村ともしばしのお別れだ。あそこなら全景が見えるし、少し眺めてから行こうか」

「さよなら私のウニ、アワビ、その他たくさんのお魚さんたち、私は必ず帰ってくるからね！」

エリエル的なワウミィの裏切りとやらは、もはやどうでも良くなったらしい。高台へとすっ飛んでいくエリエルに続いて小走りで駆け上がり、湾を見晴らすと——

「わぁー、見てみてルイ！　凄い、凄いよ！」

「……あぁ」

湾内には色とりどりの大漁旗を掲げたたくさんの漁船が、円を描くように航行していた。青い空と蒼い海の狭間に映える、極彩色の旗がゆっくりとたなびく。手を振るかのようにはためくそれらは、明らかに俺の旅立ちに際しての、漁師たちの粋な見送りだった。

じわりと目頭が熱くなる。せっかくワウミィとも爽やかに？　お別れできたというのに、こんなの反則だ。鼻の頭に力を入れて何とかこらえつつ、色鮮やかな湾の光景を目に焼き付ける。

「素敵な村だったね」

「あぁ。魚介は美味いし気の良い人たちばかりだ。この時間はみんな忙しいはずなのに」

「泣いてる？」

「泣いてない」

「ふふっ。また来ようね」

「うん」

向こうからは見えないと分かってはいるけど、精一杯の感謝を込めて手を振ってから、トルヴへの旅路についた。

◆◆◆

「……行ってしもうたか」

ルイの姿が見えなくなり、ワウミィは気が抜けたかのような一言を漏らす。少し放心したのち、自分の右手が未練《みれん》を残すように上がったままだったことに気づいて、ゆっくりとその手を下ろした。

泣いてすがるような別れではない、とはいえ寂寥《せきりょう》感はどうしようもない。この夏は、これまでの人生で最も充実した夏だったのだ。

ワウミィの家系は戦いに優れた者を多く輩出《はいしゅつ》してきた。いつの世代の頃からかこの村との縁が生まれ、アングラウ討伐を請け負うようになり、家の者が交代で村に滞在し、その役目を果たしてきた。

自分も例に漏れず才能に恵まれたようだ。世界中に魔物が現れた十年前の戦いの際には幼いながらも活躍することができ、今年はアングラウ討伐の任に当たった。その生き様に疑問を持ったことはないし、今でも不満はない。だが、それにしてもこの夏は楽し過ぎた。

幼い頃から訓練に明け暮れた。努力した分、強くはなれたが、子どもらしく遊ぶ時間や人と交流する時間は当然少なかった。大人になってからは大人らしく振舞うことが正しいように思われ、かといって人との交流が急に上手になるわけでもなく。

この村で過ごす間、女連中は親切にしてくれるし、自分の容姿が男衆の目を惹くものであるという自覚もある。決して、周囲から受け入れられていないとは思っていない。だが距離感とでもいおうか。戦いを生業とし、容姿端麗であることから逆に、孤高の花のように扱われている雰囲気も感じてはいた。

トヴォでの暮らしは多少の交流、多少の楽しみはあれど、アングラウを討伐するという、いわば仕事をこなすかのような滞在。そんな日々を過ごしていた時に……ルイが現れた。

浜辺で見事な杖術を披露する少年。村ではまず見かけない転生者であり、やや遠くに天使とポワ・クルーを連れている。そのような異質な存在では目的も知れず、当初は警戒感を持っていた。しかし、すぐに霧消した。

レベル的にそれほどの強さを感じなかったこともあるが悪意のない言動、行動、何よりも無邪気な目をしていた。それでも念には念をと監視の意味を込めて、当分は自分の手元に置いて様子を見ようと思ったのだが……それは成功だったのか失敗だったのか。

「ふふっ」

自らも出立《しゅったつ》するため家の中に戻り、荷物を手にする。視界に入る土間に三和土《たたき》、朝夕の食事で囲んだ囲炉裏から障子のシミまで。たった数か月の共同生活だが、どれを見ても様々なことが思い出される。どれもこれも、笑みがこぼれるような内容ばかりだ。

「本当に、妙なものを拾ってしもうた」

共に食事をする暖かな団欒など、心地良い時間だけではない。価値観や考え方の違いから生じる行き違いや新たな発見。数々の料理やスイカ割りなど、どれも新鮮な経験で興味深い出来事ばかりだった。

それだけならば他の転生者でも同様の生活と成り得ただろうが、そこにルイの人柄が色を添えた。感情豊かで子どもっぽい態度をとるかと思えば、妙に大人のような考え方をする。優しい中にも強い芯のような部分がある。何とも不思議な少年だった。

「またいずれ……そう、またの機会があるからこそ、じゃな」

ギルドカードを取り出し、眺め、想う。アングラウ戦が終わった後、パーティを解散しておこうという話になった時のこと。ルイはカードを取り出し、「お疲れさま！　また、よろしくな！」と言いながら自分に向けて掲げた。その時の笑顔は活力に満ち満ちた、途方もなく魅力的なものだった。まだまだ未熟な少年ながら、ひとつの冒険を終えたという達成感が、確かにそこにはあった。

冒険者にとって冒険は生活の糧を得るための仕事、そう割り切る者も多いし、事実自分もどこか義務感のようなものを感じていた。だが気づいたのだ。

そこに深刻な事情があったとしても、例えば村人たちの今後の漁の行方、例えば幼馴染を失った十年前の背景、例えば転生者に対する地元民の意識改善など、成否《せいひ》が後に甚大《じんだい》な影響を与えるほどの事情があったとしても。襲い来る荒波をこのような笑顔で乗り越えていく者が、この世には存在するのだと。その生き様の、なんと眩しいことか。

そう気づいてからは、自身の日々の生活までもが鮮やかに色づいた。漁も、食事も、訓練も、遊びも、これほどに楽しくなるものか。なるほど、幸せになるに自らの生活を改める必要はない。ただそこに楽しみを見出すだけで良いのだ。

泳ぐのが苦手なはずの自分が、躊躇なく夜の海に飛び込んだ。水に対する恐怖などは微塵《みじん》もなく、ただ一刻も早く、あの銀髪の少年の下へとたどり着くことしか考えていなかった。その身を抱きしめた時の安心感たるや……その後、漁師たちに助けられる段になって初めて、後先を考えていなかった自分に愕然《がくぜん》としたものだが。

無事に助けられたから良かったものの、一歩間違えれば心中《しんじゅう》である。普段は冷静なはずの自分が前後不覚に陥っていたことには驚いたが、しかしながら納得もしている。

あれは、掛け替えのないものだ。一時も失ってはならないものだ。抱擁に喜んでか、だらしなく緩む顔さえ愛おしい。自分だけではない、疑心暗鬼《ぎしんあんき》にとらわれていた村人たちをも笑顔に変えたことからも分かる。周りを巻き込んで幸せにしていくような、そんな稀有《けう》な存在だ。

「また会える。その時を、そう。楽しみにしておこう」

再会を待ちわびる。ただそれだけで、ルイに再び会うまでの時間を幸せに過ごすことができる。確証はなくとも、そう思えた。

荷物を手にし、戸口へと向かう。

引き戸を開けると、夏の終わりの柔らかな日差しが差し込んだ。

あとがき

みなさま初めまして。作者の夏ノ祭です。

『周回遅れの異世界転生～他の人より遅れてゲーム世界に転生したけど、メインストーリーそっちのけで自由に旅を楽しみます！～』いかがでしたでしょうか。不運にも亡くなった主人公が異世界へ転生するという、ごくありふれたお話ではありますが、彼の場合は諸事情により他の転生者たちより少し遅れてスタートすることになります。運よく優しい人々に迎えられて、冒険者として旅立ち、案内人と足の速い相棒にも恵まれたはずなのに、本人が寄り道ばかりするせいでますますメインルートから外れてしまい――

果たして主人公が他の転生者たちに追いつける日は来るのでしょうか。彼の旅を通じて、女神さまの用意した〝優しい世界〟をごゆっくりお楽しみいただければ幸いです。

なおそのようにのんびりした主人公のため、物語はこの巻の後半、トヴォ辺りからようやく盛り上がってまいります。それまでとは一味違う展開のお話を読んだ、とある読者様からは、「突然唄が始まって困惑した」という嬉しい感想もいただいたほどです。あとがきから読んでいる、あるいは途中で中断された方がおられましたら、ぜひ一度はこの巻の最後までお付き合いいただければと思います。

本作は二〇二一年五月にWEB上への投稿を開始しました。冒頭の場面でお察しの方もおられるかもしれませんが、当時はパンデミックの真っただ中。それまでの生活が瞬く間に変わり、先行きの見えない不安の中、せめて物語の中くらいは幸せであってほしいという思いから書き始めた作品となります。

作者にとっては、この作品が初めての小説です。書き方から手探りで始めたくらいですから、コンテストに応募したりSNSを上手に活用したりということも、もちろんできておりません（そもそも、そういった方面の知識が全くありませんでした）。ただ書いてみようと思い立ち、幾人かの人に楽しんでもらえたらという気持ちで細々と投稿していました。

そんな本作が書籍化という半ば奇跡のようなご縁をいただけたのは、偏に応援していただいた読者のみなさまと、この作品を見出して書籍化を決断してくださったスターツ出版のみなさまのおかげです。また、素敵なイラストでこの世界を形にしてくださった、ゆーにっと先生、その他たくさんの関係者の皆様にも、この場を借りて心より御礼申し上げます。最後に、ある日突然中古の小さなノートPCを購入してカタカタ作業し始めた作者を生暖かく見守ってくれた家族にも、感謝を込めて。

夏《なつ》ノ《の》祭《まつり》

周回遅れの異世界転生
～他の人より遅れてゲーム世界に転生したけど、メインストーリーそっちのけで自由に旅を楽しみます！～

2025年3月28日　初版第1刷発行

著　者　夏ノ祭

発行人　菊地修一

発行所　スターツ出版株式会社

〒104-0031　東京都中央区京橋1-3-1　八重洲口大栄ビル７F
TEL　03-6202-0386（出版マーケティンググループ）
TEL　050-5538-5679（書店様向けご注文専用ダイヤル）
URL　https://starts-pub.jp/

印刷所　大日本印刷株式会社

ISBN　978-4-8137-9434-9　C0093　Printed in Japan

［夏ノ祭先生へのファンレター宛先］
〒104-0031　東京都中央区京橋1-3-1　八重洲口大栄ビル７F
スターツ出版（株）　書籍編集部気付　夏ノ祭先生